风从山中来

明月山 著

中国纺织出版社有限公司

内 容 提 要

这本诗集主要围绕自然景观、故乡情怀、日常生活以及历史文化的交融展开，是作者以山川为笺、岁月为墨抒写的心灵诗卷。作者通过平实的语言和真挚的情感，将自然景观的雄浑壮丽与日常生活中的烟火气息融于笔端，既有"薄雾锁归望"的空灵山水，也有"摩托骑士"逆行火场的市井豪情，更不乏"一碗小面"里升腾的烟火温度。诗中流露着作者对人生的思索、自然景物的美丽及名胜古迹的厚重。诗中既有对过往岁月的回忆，也有对未来的希冀，既有对自然之美的赞誉，也有对亲情、友情的深切表达。

图书在版编目（CIP）数据

风从山中来 / 明月山著. -- 北京：中国纺织出版社有限公司，2025.5. -- ISBN 978-7-5229-2686-5
Ⅰ.I227
中国国家版本馆CIP数据核字第2025UB2610号

责任编辑：郝珊珊　　责任校对：高　涵　　责任印制：储志伟

中国纺织出版社有限公司出版发行
地址：北京市朝阳区百子湾东里A407号楼　邮政编码：100124
销售电话：010—67004422　传真：010—87155801
http://www.c-textilep.com
中国纺织出版社天猫旗舰店
官方微博 http://weibo.com/2119887771
天津千鹤文化传播有限公司印刷　各地新华书店经销
2025年5月第1版第1次印刷
开本：880×1230　1/32　印张：7.75
字数：89千字　定价：98.00元

凡购本书，如有缺页、倒页、脱页，由本社图书营销中心调换

序 一

游在清柔的海浪中
文 / 易大斌

明月山先生是一位具有较高文学素养的企业家。我和他相识三十多年，一路走来，彼此坦诚相见，真诚相待，他既是我的领导也是良师益友。

据我所知，他曾经也是文学青年，大学期间就开始诗歌创作，后因公务繁重才鲜有作品面世，但依然保持了读诗的习惯。近年来，也许是受诗歌氛围浓厚的影响，他忙里偷闲，奋笔力耕，写出了许多好诗，仅在"喜马拉雅"平台播放的就有150首。

明月山先生的诗视野广阔，既有"写尽生活的细节"，也有"描绘山河的万千"；既有"风花雪月和远方"，也有"亲情冷暖和近邻"。因为他深知，"有人间烟火味的诗才是有底蕴、有温度的诗"。

品读明月山先生的诗，诚如他所言，感觉像鱼儿"游在清柔的海浪中"，时而清明温和，时而浪花飞溅！

著名诗人雷格认为，"一首诗是一次倾诉，也是一次邀约"。聆听明月山先生的"倾诉"，接受他的"邀约"，深感是在暗示我们：要坦然地、有诗意地生活！

景随心生情悠然

游历山水,借景抒情,是诗人们的偏好。明月山先生有"风吹过/大树依然存在/浪埋过/礁石依然存在(汪国真《依然存在》)"的心境,他写景的诗造语不峻峭,平淡自然,浑然一体,给人悠闲自在、宁静致远的体验。

诗人暑期休假归望山,身处无丝竹之乱耳,无案牍之劳形的境地,潜心整理读书笔记十余篇,创作了《归望山之二》:

薄雾锁归望/他乡山水长/明月松间照/云湖泛波光/关房闻蝉鸣/山风傲山岗/笑谈天地间/岁月自琢酿。

明月、湖光、蝉鸣、清风作伴生活,何等惬意!

历代诗人写三峡,大多是描写其险峻、赞叹其云雨,可他的诗《陪你一起去三峡》却另辟蹊径:

长长的河道/从远古走来/青藏高原的白雪/格拉丹东的风雨/化着朵朵浪花/洗开盆地的门栓/把一路风尘一城人/卷向后山的新屋檐/筑巢梦圆看山水/成群结队一排排/那里有你的影子/一起日夜看云彩……

这首诗不夸饰、浮躁,读之心远,思之旷达,宛如一杯老酒,浓香绵长,回味无穷。

常言道,文化是山水景观的灵魂。明月山先生写山水的诗,善于用独特的慧眼去观察、捕捉其中的文化因子、历史积淀,去找出其中的"魂",给山水诗增添了厚重感、历史感。

读这首诗,既能观赏到乌江画廊的自然美景,又能读到蕴藏其中的历史故事：清代诗人翁若梅畅游乌江吟出"蜀中山水奇，应推此第一"的绝唱；大唐名相长孙无忌因遭诬陷流徙黔州（今彭水）自尽；北宋著名文学家黄庭坚曾在彭水生活四年；著名国画家吴冠中先生以龚滩古镇为原型创作《老街》，并称这里"是唐街、是宋城、是爷爷奶奶的家"……

《遇见神女》《巴渝十二景》《重庆源流》等诗，都是诗人在用诗的语言和形式讲述历史文化。

遥寄相思与明月

故乡，是游子心灵的归途，也是触发诗情的燃点。

明月清辉映照下的明月山，成为明月山先生遥寄相思、倾诉乡愁的主要意象。

他出生于牡丹故里的明月山下，"身染牡丹花盛开的风采／一袭的泥土芬芳／把故乡的炊烟香火怀揣"（《明月山下走来》）。

尽管少小离家，无论身在何方，哪怕山高路远，依然挡不住亲近故乡的脚步。

他写乡愁、写故土，总是充满纯真、童趣。

《明月山下走来》这样写道：

我从明月山下走来／看桂溪流水春柳芽开／草长莺飞秀自在／三月百花齐放天外／我从明月山下走来／儿时的梦妍在脑中萦迈／嬉戏玩耍田间山坡／锹一背篓折耳根／那是下饭的咸鲜好菜……

这样的场景，这样的意境，仿佛给我们展示了一幅现代版的《富春山居图》。

《行走在故乡》，乡间小路也许不在，但他儿时的记忆挥之不去：

一方石砚台/承载着先人的笔墨情怀/牵引着代代学子走出大山/去看去闯外面的世界/一河龙溪水/从古流到今/滋养两岸青山/梯田层层风吹麦浪绘奇彩……

石砚台、龙溪河、廖家槽、明月山、石磨豆花……诗人用过的、玩过的、吃过的，哪一样不是他的惦记呢？

童年如果没有童趣就缺乏天真，至少是一生的遗憾。他有几首童趣较浓的诗，着实耐人寻味。

《上学路上》写出了顽皮、嬉戏：

我们走在上学路上/清晨，迎着朝阳/一路青青草/一路菜花香/肩背着书包/手舞着棍棒/不时追蜂赶蝶捉蜻蜓/上学是最美的时光……

《瓦下阳光》写了睡懒觉、放牧、被动吃粗粮的片段：

那一屋的小青瓦/是我儿时家/清晨阳光东升/不情愿被叫醒的懒娃娃/赶着牛羊上山坡/吃饱青草快回家/一碗红薯吃下肚/才有菜香把米饭下……

这些个体经历融入普遍情感，使读者不感到陌生，觉得亲切和感动。

风雨兼程梦依旧

人在旅途，有风有雨是常态，风雨无阻是心态，风雨兼程是状态。

当代著名诗人汪国真讲过,"经过思索的追求并不是梦,没有我们走不出的灌木丛""既然选择了远方,便只顾风雨兼程"。

明月山先生几十年来,不管顺境逆境,初心不改,既仰望星空又脚踏实地,坚持我就是我,相信每一个明天都靠今天把握,懂得每一个成功都蕴含执着。

那是因为:

始终《与阳光同行》——心里有火/点亮一片天/让热血奔涌/让干劲平添/让事业有成/让大地花繁/眼里有光/看日出东方/见人之长短/见事之机缘/见物之转换/见势之可援/脚下有路/千里足下行/走出天地宽/积跬步不停/点线面可圈/梦圆手中间……

愿自己是颗《种子》。希望将"禾苗的种子/种在土壤里""知识的种子/种在脑袋里""技能的种子/种在勤劳的手里""善良的种子/种在心田里""友爱的种子/种在地球村里""勤奋的种子/种在日常习惯里""自律的种子/种在夜深人静里""合作的种子/种在世间大道里""奉献的种子/种在人生征程里""谦逊的种子/种在灵魂里"。

寻找到了《灵魂安放的地方》。他在这首诗里写道:

社会奉献处/履职尽责是本分/贡献社会是美德/体现价值是根本/回望过去无悔怨/历史方位留下担当的身名/继往开来后浪更精彩更精神/……/心中有光眼有景/一路欢颜安放灵魂。

感悟人生,为的是更好前行。他的哲理诗《人生十喻》最

后写道:

人生如书勤读气自华/人生如戏常思台上下/人生如草野火烧不尽/人生如月圆缺心态佳/人生如酒得失心自宽/人生如歌豪迈走天涯/人生如棋黑白大世界/人生如花红谢勿自夸/人生如舟浪行千万里/人生如梦一绽似昙花。

步履匆匆寸草心

感恩,是一种传统美德和道德情感。感恩,首要的是感怀父母之恩。这方面的诗文数不胜数,最具代表性的当数唐朝诗人孟郊的《游子吟》。这首诗成为千古传诵的母爱颂歌,写出了游子的共同心声。

明月山先生是一个懂得感恩、很有孝心的人。他大学毕业后就远离父母在外工作,且长期处于任务艰巨繁重的领导岗位,尽管如此,他也总是挤出时间回家看看,陪伴在父母身边。他的诗《归程》告诉我们:

父母的生日/是我们的归程/来自四面八方/把一桌饭菜烹蒸/来一壶老酒/同庆华年鹤发生/向百年奋进/迈向强国再逢春/传统的节日/是我们的归程/春节贺新岁/清明祭祖坟/端午吊屈子/中秋话月明/五一国庆小长假/片刻休息养精神/双亲的病痛/是我们的归程/切肤之痛心连心/救急汤药把手伸/医院能治身体/亲情可滋魂灵/养在深山得地气/远在他乡常叮咛……

他在《中秋月圆》中怀想:

共话岁月情长／回首父辈荣光／辛劳镌刻在他们的脸庞／耄耋老人心敞亮……

他希望《拥有这样的平常》：

千里迢迢平安归乡／翘首以盼故乡点点星光／一家子团圆共守岁／不让爸妈门前灯盏独亮／七手八脚同秀厨艺／品尝儿时味道心情徜徉……

思亲盼归之情流淌诗行间！难怪有人说，离家时，妈妈的期盼是扶手，扶着它历经风雨不言愁；回家时，妈妈的笑脸是扶手，扶着它洗尽风尘慰乡愁。

汪国真在《母亲的爱》中写道："我们可以走得很远很远／却总也走不出／母亲心灵的广场。"是的，明月山先生正是从父母博大的心灵广场中，获得了阳光雨露，汲取了智慧和力量。

他骄傲地看到：

母亲的善良／一辈子装满胸膛／三亲六戚岁岁不忘／左邻右舍唠嗑家常／情同理通常相往／母亲的智慧／持家本分不张扬／相夫教子理应当／不识天下大汉字／世事明瞭心敞亮……（《母亲》）

他《眼里的父亲》，"是一个年轮""是一种责任""是一个样板""是一种精神""是一种能力""是一种幸福""是一种担当""是一种孝顺"。

灿烂星空见平凡

经典歌曲《真心英雄》唱道："灿烂星空，谁是真的英雄，平凡的人们给我最多感动。"

谦和的人觉得,生命可以没有灿烂,不能失去的是平凡。

明月山先生的诗之所以"接地气",喜欢使用日常用语乃至口语,是因为他诗中写的大多是平凡的事、平凡的人。来自平凡,致敬平凡,具有超越平凡的力量,是他诗歌的一个特点。

2022 年 8 月重庆北碚缙云山发生山火,灭火过程中涌现了许多看似平凡却很伟大的英雄。《摩托骑士》写的就是这样一个群体:

是这样一群人 / "90 后" "00 后"摩托骑行 / 来自缙云山的四面八方 / 为灭山火自愿参加救援大军 / 是这样一个胆 / 他们的名字叫勇敢 / 义无反顾艰难爬行 / 送人送水送物资 / 日日夜夜不肯停 / 是这样一张相 / 炭灰模糊了双眼 / 汗水湿透了衣背 / 依然勇毅麻利向火行 / 是这样一种魂 / 一方有难敢担当 / 八方支援不计名 / 重庆崽儿挺起的一代人。

《天贵书店天贵面》,写出了平民百姓的生活点滴:

天贵的面 / 开在八角井的街边 / 一碗糊辣壳 / 让人回味了许多年 / 劳作一天的犒劳 / 就是那碗韭叶面 / 佐料随便加 / 臊子也可添 / 老食客回头笑开颜……

读了他的《一碗小面》,谁还只把关注点放在打望重庆美女,对重庆美食无动于衷呢?

一碗小面 / 他乡遇故知的开端 / 麻辣鲜香连接乡情故园 / 龙门阵在上桌前后摆谈 / 那碗小面乡音悠悠喜欢 / 一碗小面 / 挂满山城街沿路边 / 各种特色使劲渲染 / 花开唐人街华夏九州

重庆小面 / 那碗小面成为大重庆耀眼名片。

这也算是用诗歌为提高重庆辨识度、美誉度打的一个广告吧！

走进明月山诗歌的秘密花园，凝望秋日的山城夜空，仿佛听到一段优美的歌声飘来："明月山的风依然轻轻摇曳 / 能否与我再共一晚不眠的星夜 / 明知道会有挥手作别 / 又何必把相逢背影留给旷野！（本人作品《挥手作别》）"生于斯、长于斯的明月山先生，是否也会产生强烈共鸣呢？

作者简介：易大斌，男，重庆市丰都县人。垫江县人大常委会原主任、一级巡视员，中华诗词学会会员、中国音乐文学学会会员、重庆市作家协会会员。

序 二

时光里的情怀
文 / 田毅

　　优秀的诗歌作品，往往包含丰富多彩的感情、博大精深的思想、精致优美的语言，让人自然而然地受到语言的触动、审美的熏陶、情感的融合、思想的共鸣。品读明月山先生的诗就有这样的体会：他用几句简短的文字就能表达出尘世间真挚的情感，用几个淡淡的节奏就能流露出天地间优美的旋律，用几组简单的意象就能隐含出胸怀中远大的志向。在明月山的笔下，祖国的壮美山河、田园风光、日常物事、往昔生活、亲情友情，皆通过生动细节和典雅的语言得以呈现。在我看来，读明月山的诗就是一种精神享受，因为他的诗是真情的流露，耐人回味。我曾怀着一颗敬佩的心情，数度研读，每次都能读出新意，读出新感受，读出新味道。让我们截取他的一些诗作一起来品读。

岁月传承——"壶中若逐仙翁去，待看年华几许长"

　　明月山的诗有烟火气，蕴含了乡土情怀，给人一种强烈的生活现场感，是生命状态的真切呈现，始终带着"把酒话桑麻"的温暖，诗意中流淌出来的是文化传承和乐观向上的精神。他的诗《家乡的年味》写道：

扫扬尘除旧迎新／贴春联新春来临／挂门神驱魔除邪／慰灶神感激神灵／年夜饭守岁天明／放鞭炮喜气盈门／吃汤圆阖家团圆／祭祖宗不忘脉根／穿新衣光彩照人／走亲戚联络感情／压岁钱送去祝福／道佳话一年平顺／赶庙会传承习俗／龙狮舞幸福丰登／巧筹划大年出行。

  这首诗，平静至真，以日常所见入诗成意象，进而用恰当的语句进行表达，显示出诗人对现实生活与个人感悟的把控能力。通过诗人的描述，那种温暖的仿佛在时间与岁月中被消弭的、丢掉的、欲言又止的、此时此刻就在眼前的年味，在他的诗歌中有着深切的表现。他用自己独有的文学功底，独到的人生视角，让我们领略到生活的真谛和绚丽多彩。同样的诗意在《年的味道》一诗中也有体现：

持续记忆岁月年轮／把成长和智慧写进人生／万里团圆畅叙亲情／把风雨和艰辛写进归程／合手烹饪风味美食／把民风和传统写进菜单／相互礼拜祈福烟火／把涤秽和希望写成祝愿／诚挚祭奠祖先感恩／把孝老和敬亲写进灵魂／示范引导后生精神／把家风和家教写进门庭／同心展望未来期盼／把丰收和喜悦写进光阴／吉祥祝福全体康宁／把欢喜和愉悦写进本性。

  以我的浅见，诗歌不是自言自语的，也不是一味追求词语的尖端或无理由的隐喻与象征。面对信息如此发达生活也是如此喧嚣的时代，我们的诗歌该如何表达个人时代经验，包括内心的精神，明月山用他的创作给了我们最好的答案。诺贝尔文学奖得主波兰著名女作家辛波斯卡曾经说过，"诗歌其实只有一个职责,就是把自己和人们沟通起来"。这大概是对诗歌的职责和功能最简短的阐释,而且是最令人信服的。明月山的诗完全符合这种认知,他用简朴的语言细细梳理了年、习俗、文脉与传承的内涵,语出天然,用心良苦而不着痕迹,收放自如,追求"浑然天成"的微妙意境。关于过年,明月山还有一首佳作《过年的时候》,其中写道:

归故乡/不论路途遥远/扫庭院/不论地冻天寒/祭祖宗/不论富贵穷寒/贴春联/不论字体好看/挂灯笼/不论灯红灯暗/请灶神/不论锅碗新盏/放鞭炮/不论声响久远/燃礼花/不论空气安澜/年夜饭/不论厨艺菜盘/看春晚/不论午夜疲倦/压岁钱/不论红包滚圆/穿新衣/不论时尚贵贱/话吉言/不论言说长短/走人户/不论往来平凡/拜新年/不论生熟少见/游春山/不论他乡故园/做游戏/不论老少同欢/玩棋牌/不论赌博赢钱/灯光秀/不论祥瑞升天/逛庙会/不论人头挤扁/合影照/不论背景墙面/祈福愿/不论天人同勉。

从这首诗中我们不难看出,明月山先生的文化底蕴、对历史文化的深入解读和对自然物象中所含哲理的思辨与发掘,可谓逸趣横生,不经意间就让人眼前一亮、心头一热。且行文中具有强烈的节奏、美妙的韵律、精练的语言、丰富的想象,让人不仅有一种美的享受,而且可以从中了解时代变迁,知晓社会历史,进而汲取传统文化,培养热爱祖国的思想感情,在感受优美和源远流长文化的基础上,拓展思维,陶冶情操。

故乡情怀——"当时明月在,曾照彩云归"

明月山的诗,多是向生活取材,目力所及,有感而发,为事而写,为心而著,情感真挚又有个人的顿悟和感念。故乡,是游子心灵的归途,也是触发诗情的燃点。人们对故乡的情感,如同绿叶对根的眷恋,无论走到哪里,那份对故乡的思念、感激和敬爱,始终如一。故乡,是明月山永远的牵挂,心灵的寄托。《故园东望》:

心安是故乡/故园山水长/松间明月照/花果笑声朗/少小离家远/鬓白发如霜/相逢老相识/乐活话家常。

《拥有这样的平常》写道:

千里迢迢平安归乡/翘首以盼故乡点点星光/一家子团圆共守岁/不让爸妈门前灯盏独亮/七手八脚同秀厨艺/品尝儿时味道心情徜徉/走在赶集的乡村路/追蜂逐蝶看油菜花儿黄……

有人说,背上行囊,就是过客;放下包袱,就找到了故乡。其实每个人都明白,人生没有绝对的安稳,既然都是过客,就该携一颗从容淡泊的心,走过山重水复的流年,笑看风尘起落的人间,譬如这首《上学路上》:

我们走在上学路上/清晨,迎着朝阳/一路青青草/一路菜花香/肩背着书包/手舞着棍棒/不时追蜂赶蝶捉蜻蜓/上学是最美的时光/我们走在上学路上/南来北往的行人/悠哉乐哉/耳语话家常/飞驰的汽车/卷起尘土飞扬/爬车省时赶回校园／晨跑早读书声琅琅……

  这首诗童趣十足，诗如其人，可感受明月山先生的真性情。捧读明月山的诗你会发现，他总是善于捕捉细节，思维巧妙，语言精练，形象生动，其诗作内容宽、气息浓、重理趣，语言清新，言韵流畅，意象亲切，阳光平正。事实上，每个人内心深处都曾盛开过童趣的梦想之花，不同的只是多数人都随波逐流地凋零了，只有内心强大的人才会呵护着梦之花与岁月同行，由此可见明月山是一个有情怀的人，做个有情怀的人，你会有充实的人生；与有情怀的人同行，你会平添几分幸福感。

  每年的这一刻／回到故乡的田园／看炊烟袅袅升起／望见熟悉的容颜／老屋的墙壁历经风雨坷坎／每年的这一天／重复着古老的仪式／团圆饭是一家人的期盼／守岁看春晚兴起几十年／午夜的钟声被鞭炮声声遮掩／每年的这一月／忙里忙外不敢偷闲／回家的礼物早早盘算／走亲访友的问候开始计算／一年的打拼苦乐心中盘点／每年的这一季／冬十腊月数九寒／倒数一月月一天天／农历最后一个节气刚过完／年的气息氛围浓得团团转。

  一首诗的成功在于其内在的感情律动，这种律动常常如石击渊，产生宽广的、持久的影响，在读者心中荡漾。明月山的诗歌不仅是感情的宣泄，还具有启迪思想和开阔视野的作用，可以帮助我们思考生活的意义、存在的价值等，意象和隐喻可以引发我们的思考，促使我们更深层次地思索人生意义和方向。《明月山下走来》这样写道：

我从明月山下走来／看桂溪流水春柳芽开／草长莺飞秀自在／三月百花齐放天外／我从明月山下走来／儿时的梦妍在脑中萦迈／嬉戏玩耍田间山坡／锹一背篓折耳根／那是下饭的咸鲜好菜……

把握住诗意，才能达到王国维所说的：大家之作，其言情也必沁人心脾，其写景也必豁人耳目，诗词皆然。明月山的诗就是如此，创作中突出诗意和诗味，没有在乎诗歌的外在形式，注重将诗意熔铸为境界，让空灵的回味找到具体可感的形象实体。

青山不老——"世事云千变，浮生梦一场"

明月山的作品，集中体现了生活美、自然美、情感美、艺术美、语言美，品读下来很容易让人把握诗文诗意，体会诗人情感，展开美的想象，体会美的感受，从而在优美的诗歌意境的感染熏陶下，陶冶思想情操，提升审美情趣。仁者乐山，明月山诗作中多见对山的描述，对山情有独钟。在传统文化中，"山"蕴含着高瞻远瞩的气魄，有高、深、博、大之质，一直都是受人尊敬和景仰的。《诗经》中有"嵩高维岳，骏极于天"，形容山的高大、稳固、巍峨。在千变万化的大自然中，山是稳定的，可信赖的，它始终矗立不变，包容万物，是最可靠的支持。饱经严寒酷暑、狂风暴雨、雷电交加，孕育着广袤的林海，包容着参天大树、花卉芳草、鸟兽昆虫，因为它拥有一个博大而精深的内心世界。明月山写玉龙雪山《白沙乐》：

纳西古王都／白沙细乐扬／文化发祥地／东巴文脉长／木氏土司楼／三叠水流觞／玉龙雪山照／旅拍新时尚。

写峨眉山《坐看云起》：

峨眉甲天下／普贤行愿达／山下拥红珠／品茶瞰云霞。

写家乡的山《远望》：

蝉鸣归望山／月出照松涧／风起先动水／云湖泛微澜／繁花镶大道／蝴蝶把家还／逐梦乡情怯／心安似故园。

再写归望山《偶遇》：

偶遇归望山／相见已忘言／桃李花自开／啸傲云雾间。

明朝谢榛说，景乃诗之媒，情乃诗之胚，合而为诗。明月山擅写景，常凭着直觉去感知，有时犀利明快，有时伤感黯然，但都透露出一种深邃和真知灼见，能启发人、感化人。于境无所不收，于情无所不畅。他在《归望山之二》中写道：

薄雾锁归望／他乡山水长／明月松间照／云湖泛波光／关房闻蝉鸣／山风傲山岗／笑谈天地间／岁月自琢酿。

山水诗要有自己的独到性和深度，除了对自然世界的仔细观察与自主发现外，还要有自我的人生体验与审美感受，从而实现自然风景描写与自我人生想象的高度统一，如明月山在《金山长歌——金佛山诗话》中写：

回望亿万年／浅海变桑田／造山运动升／桌山耸云天／李冰疏岷江／宝瓶九龙安／尊龙兴风浪／托石夔门关／二郎施巧计／鸡鸣叹气返／玉帝点青峰／九递开佛颜／……／金山晚霞照／白雾绕晴岚／山谷残雪挂／柏枝红雨掀／灵山烟雨蒙／金

鸡展翅卷／云海泛青峰／长歌漾金山／钟灵毓秀地／仙居家国欢／复兴踏征程／慧开新景轩。

有人说，意象是构成诗歌本体的最基本要素。意象是诗歌艺术的本质所在，离开意象的呈现，诗歌的本体也许就不存在。许多意象特别新鲜与灵动，显出了诗人对于人生的发现与对于生存的丰富想象。在明月山看来，意境是指在内心和外物相契合的基础上，以敏锐的感觉捕捉到，并用富有表现力的文学语言描绘出来的具有强烈艺术感染力的自然人生画面。

时光不居——"桃李春风一杯酒，江湖夜雨十年灯"

时光总是惹人恼，红了樱桃、绿了芭蕉。对于如何看待光阴易逝，明月山的诗作给予了明确回答：春播夏种，秋收冬藏，其实，万物皆可爱，烟火只寻常。只要每一天都心怀明朗，便是岁月静好的模样。他认为，生活，是一首歌，谱写着喜怒哀乐；心情，是一条河，流淌着起起落落。快乐，其实很简单，拥有了就去珍惜，失去了不再回忆；幸福，其实很容易，看淡了一切都美丽，看重了一切都是痴迷。正如他在《甲子自述》写道：

出生贫寒人家／长在明月山下／……／悬梁复习理化／湖平两岸宽阔／菜场敢跃山崖／锻炼精神气质／开胸浪寄天涯／就业路途不平／晃荡秋月晚霞／……／兴修龙河电站／理想侍机而发／时光如水东流／天清喜迎早霞／顺时逢阳春至／仗剑骑跨骏马。

这些文字是他豁达情感的结晶,丰富阅历的升华,更是他岁月的见证记录,诗中大量的、相应的、具有针对性的命题,时代感、使命感、责任感跃然纸上,用心良苦,难能可贵。《一路同行——写在五十九岁生日之际》写道:

一路同行/蹚过明月山的沟梁泥泞/把勤劳勇敢融进血液坚韧一路同行/敲过群沱子下课后的锅碗瓢盆/把学习的习惯洋溢在生命里程/一路同行/看过白鹤梁的石刻水文/把那年那月浇筑进水底玻璃瓶/一路同行/听过鬼城名山的暮鼓沉钟声/把流血流汗的激情挥洒在新县城/一路同行/望过上清寺的万家灯火/把三峡大移民的壮志豪情历历记分明/一路同行/攀过金山的凤凰岭/把如歌的岁月时常当酒下咽/一路同行/踏过东海万里波涛/把花开三江的时光永记心魂/一路同行/写过巴渝政声民情/把协商民主用心用功同频共振/一路同行/转过山城两江四岸/把市政当家政巧用十面绣花针/一路同行/转过行当学习企业经营/把美好留下回忆多彩人生/一路同行/同过舟共甘苦奋斗闯世界/把光热喜乐挽手再续新航程。

岁月的流逝固然是无可奈何,而人的逐渐成长,却又离不开时光的力量。在这首诗中,明月山将他这一路走来的主要经历都进行了梳理总结,有意识淡化隐藏身份后,用高度凝练的语言,面对自己的内心,书写一路上的感恩,让我们珍惜当下,莫负时光,好好拥抱每一天的清晨和黄昏。

家国情怀——"先天下之忧而忧，后天下之乐而乐"

文运同国运相牵，文脉同国脉相连，其核心都是文化。新时代以来，中华优秀传统文化的传承与发展呈现出新气象、开创了新局面。赓续历史文脉，谱写当代华章，这应该是每个诗歌创造者应有之义，因为诗歌不仅仅是一种个人情感和思想的表达，还具有与社会相关的意义和作用。明月山就是这样一个作者，他的诗作中有不少体现了家国情怀的诗句。比如这首《心中有光——2023年新年献词》：

怀揣梦想向前行／身心康健稳中进／激情飞扬和世事／既往不咎碾作尘／当下欢愉应时势／征程扬帆起烟云／斗志昂扬复兴路／踔厉奋发织新锦。

还有他的《价值观赞》：

友善待人世间行／诚信为高信誉生／敬业爱岗做奉献／爱国尽忠为苍生／法治畅行循规矩／公正公开九州平／平等和顺人人好／自由无碍大道情／和谐和睦家国乐／文明礼貌仁义尽／民主政治多协商／富强民族向前进。

读这种励志又欢欣鼓舞的诗篇，可以从事业人生、情感寄托、生活憧憬、山河赞美中，感受到明月山对党和国家的信仰和忠诚。明月山在创作中把握大势，善于总结，敏于观察，慎于思考，勤于创作。超凡的语言艺术想象力，赋予诗歌艺术张力，诗人对旧体诗韵律的把握严谨到位，遣词造句非常讲究，把握意境游刃有余。《巫山行》：

迎着晨曦去巫山／动车驰行穿山峦／渝东门户收眼底／峡江风光似无限／南陵古道今非昨／沉浸体验历险关／云玺台上思高唐／杨柳坪间别样天／三峡院子夯成墙／歌声嘹亮唤团建／神女景区南线游／上下起伏看游船／一江春水向东流／隽秀三峡换新颜／神女无恙当今殊／高峡平湖多安澜／复兴大业征程急／踔厉奋发大梦圆。

在具体诗歌语言的遣词造句上，他似乎不是去刻意谋划、精雕细琢的，但又是恰切而精准、丰富而优美的。《清明巫山》：

雨过天晴丽江天／云罩神女舞纱幔／大昌蝶舞起旋歌／山河隽秀展新颜。

明月山的诗工于铺叙，善于生发，既善状物，亦能切己，给人一种"笔墨行云心独具"的体验感，其诗词作品，表面的"旧"，呈现出"新"。《陪你一起去三峡》：

长长的河道／从远古走来／青藏高原的白雪／格拉丹东的风雨／化着朵朵浪花／洗开盆地的门栓／把一路风尘一城人／卷向后山的新屋檐／筑巢梦圆看山水／成群结队一排排／那里有你的影子／一起日夜看云彩……

这首诗，正如王国维在《人间词话》中所说的那样，"大家之作，其言情也必沁人心脾，其写景也必豁人耳目，其词脱口而出，无矫揉装束之态。以其所见者真，所知者深也"。这个与明月山一贯的诗作风格是一致的，诗风格刚健雅正，清新自然。他是一个有家国情怀的诗人，作品融入自然，用诗向生活致敬，题材广泛，纵横千里，有镜头感。他的诗词重写意，是温暖的现实主义之作。

总的来说,明月山的作品都有着独特的主题和情感,通过各种对自然景观、社会现实和城市风光的描写,充分体现了他锲而不舍的精神,他原创的作品不跟风、不俗套,却蕴含着真善美的现代诗人风格。更重要的是对人生、国家的深刻思考以及个人情感的寄托,给人以无限的启发和直抵人心的感动。这些诗篇,从文学的角度来说,不仅是文学的精品,也为传承传统文化留下了深深的足迹,引起读者的强烈共鸣与抒怀。

"诗言志""言为心声"。文如其人,诗如其人。人品铸造诗品,诗品彰显人品。正如大家对他的印象:在文学世界里,他是一个诗意澎湃的诗人;在企业工作时,他是一个激情创业的领导;在学习实践中,他是一个思维缜密的智者;在日常生活里,他是一个和蔼可亲的长辈;在同事交往时,他是一个真实坦率的良师。

捧读明月山的诗作,你会发现这些作品字里行间充满了智慧与从容。这是他将自己感悟与思考,投射到现实生活中梳理与融合,是他在日积月累的钻研、搜集、整理过程中,集思广益、删繁就简、推陈出新、与时俱进的丰硕成果。彰显了他开阔的探究领域、深入的思维触角,既有个性,又有共性,还兼备知识性、趣味性,语言上能够说服人、内容上能够启迪人、形式上能够吸引人。在阅读过程中,我总会不经意和自己已有的知识和经验去对照、印证、碰撞,会恍然不觉在面对纷繁复杂的社会时,少了一些迷茫和浮躁,多了一份坚定和从容。我相信,明月山将继续谱写真善美的新篇章——把人生的感悟、生活的经纬、社会的变迁、国家的发展、人类的渴望……用诗的形式、诗的语言、诗的意境、诗的情怀表达出来。

只有善于从历史中寻找到永恒的人,才能获得走向未来的智慧,明月山先生一直都是这样一个通透豁达、充满智慧的人。

作者简介:田毅,男,四川简阳人,国企员工,党务工作人员,文学爱好者。

自 序

"绿树阴浓夏日长,楼台倒影入池塘",这个夏天,注定是要留下一点动静的。

诗韵流转,唐柳古风,宋鱼柔浪,皆成华章。诗中万象,生活细琐,山河壮阔,皆入笔端。不仅风花雪月,更有亲情冷暖,近邻相伴,共绘人间烟火。

夏满人间,希望如炽,烟火之诗,底蕴温润。思索感受,紧扣时代,集结所悟,汇聚成册。今以《风从山中来》为名,告别过往,珍藏回忆。

九月重庆,火热如诗,与山城共舞,诗意更浓。热烈坚韧,如这城市,历史与现代交织,诗意与生活相融。简约而不失深意,这便是我们的告别之序。

序　言

目 录

明月山 ·· 001

遇见神女 ·· 003

照出一片新天地
　——致摄友黄清 ·· 004

远方 ··· 006

巫山行 ··· 008

领航辟波向前行
　——专题片《领航》观感 ··· 009

体验感知秉初心 ··· 010

葛藤峡映像 ·· 011

摩托骑士 ··· 012

雄起的重庆人站着的重庆城 ··· 013

烈火英雄重庆崽儿 ··· 014

归望小坐 ··· 015

歇凉去 ·· 016

让幸福走进千家万户，用奋斗开创幸福未来
　——电视剧《幸福到万家》观后感 ······································ 017

朴乡 ··· 018

尹子祠 ·· 019

金佛山书画院 ··· 020

归望山之二 ·· 021

武陵仙居……………………………………022
晚归………………………………………023
梁山新姿…………………………………024
追逐美好生活，启迪创新创造
　——由电视剧《梦华录》想开去………025
泉上人家的接续努力和奋斗
　——观电视剧《三泉溪暖》有感………026
山乡灯光…………………………………028
观江畅园…………………………………029
新时代新青年
　——致五四青年节………………………030
读是一种幸福
　——致第27个世界读书日………………031
说年年说…………………………………032
金佛兆南川，花开在渝南
　——南川区地名趣说……………………033
一碗小面…………………………………034
新年十愿…………………………………036
虎年新春的祝愿…………………………037
过年的时候………………………………038
家乡的年味………………………………041
牡丹故里，康养垫江
　——垫江地名趣说………………………042
一起向未来………………………………043
丰富自己，快乐一生……………………045

希望	046
回望这一年	048
在你	050
母亲	052
懂你	054
重庆源流	055
《突围》人物志	056
时空伴随	058
江东岁月长	059
人工天河红旗渠	060
那年	061
功勋赞	063
依靠	066
桥	067

火红年华分外红
——电视剧《火红年华》观后感 … 069

与阳光同行 … 071

日升玉带
——乡村振兴图 … 073

述说	075
对山居说	077
对山秋色	078
接轨	079
中秋月圆	080
秋	083

我们为什么不谈爱情·················084
唤醒
　　——致第37个教师节···········085
年的味道·························086
从山中来·························087
望山风···························088
祈愿·····························089
七一盛装·························091
小时候的味道·····················095
攀登·····························098
中关村创业大街···················100
小小的幸福，在你的身边···········102
晨曲·····························103
金山情缘·························104
醒来·····························105
上学路上·························106
人生十喻·························108
重庆名片·························112
种子·····························114
我是兴农人·······················116
兴农之歌·························117
选择的因缘·······················118
觉春·····························119
遇见是一切的开始·················120
天贵书店天贵面···················122

神秘 816	124
故乡的寻找	126
拥有这样的平常	129
国士钟南山	130
我和我的家乡	
——观影感想	131
归程	134
夫妻的蔬菜姻缘	136
谢冰心	138
传媒基地	139
行走在故乡	141
陪你一起去三峡	143
寻找丢失的自己	145
我们还年轻	146
灵魂安放的地方	148
眼里的父亲	151
金山丽日	
——仲夏时节登游西南坡感怀	153
巴渝十二景	155
喜盼蜜蜂把花采	156
锦绣山川入梦来	158
瓦下阳光	161
明月山下走来	163
那些年	164
茶之味	167

山河新秀	168
民心佳园夜市	169
期待	170
人生向晚	171
微笑面对世界	172
仰望	173
总有一缕阳光	174
成长与丰收	175
谒三苏	176
三苏祠赞	177
丽江古城记游	178
玉龙雪山五色愿	179
归去何方	180
城市漫步之一 ——追寻渝中母城往事	181
城市漫步之二 ——记忆重庆那些言子儿	183
城市漫步之三	185
城市漫步之四 ——旅游特种兵	186
在夕阳的路上	188
宜宾地名趣说	189
脊梁说	190
行走宜宾	191
秋行青甘环线（预习篇）	192

晨飞	193
兰州牛肉面	194
大柴旦翡翠湖	195
又见敦煌	196
一瞬间	197
鸣沙山月牙泉	198
莫高窟	199
汉武雄风	200
无界	201
王进喜	202
张掖丹霞	203
花甲平常心	204
秋分宁夏游	205
沙坡头	206
红叶光雾来	207
夜游恩阳	208
巴中枣林鱼	209
船说赞歌	210
南龛石窟	211
梦境光雾	212
人生六难自觉度	213
眉宇间写满风调雨顺	214

明月山

明月出开江
巴南满月状
山以峡为名
五百流大洋
历经九区县
八百里路长
东筏龙溪水
西大洪河妆
生物活化石
桫椤桂崖旁
生物基因库
动物繁衍忙
一山岭槽卧
重添新时尚
风景名胜区
百花待时酿
复兴新时代
迈步越山岗
江山如画图
葱茏怡心漾
劝君游此地

把酒话麻桑

九州风雷寂

山河沉热凉

遇见神女

夕阳西下下山崖
乘舟溯江向巫峡
仰望山巅神女秀
民间传说留佳话

西天瑶池瑶姬生
生性倔强习仙君
十二姐妹东海游
孽龙作歹祸生灵

助禹治水授书台
口传上书治宝经
驱使虎豺惩恶龙
十二姊妹襄安宁

疏通九河得安澜
两岸黎元焚香敬
高峡平湖起大江
当今世界殊古今

照出一片新天地

——致摄友黄清

用你的执着
披挂着佳能
照见巫峡两岸风光
把毓秀山川传扬
神女应无恙
翠坪着新装
松峦叠翠起红叶
聚鹤成群游他乡
圣泉甘露醇
登龙潜大洋
上升通天路
起云迎朝阳
飞凤筑巢穴
净坛涤魂肠
朝云驻山巅
南陵关帝恩义长
龙骨化石溯远方
大溪文化渊源久
古镇大昌过盐帮
龙门架金桥

滴翠马渡桑

巴雾船儿调

神女授书康

九歌山鬼唱古今

高唐神女山高墙

峡江两岸卧虹波

港湾新城舞银浪

云玺台上

构织新装

杨柳坪间

踏歌闻郎

远方

远方有多远
多远是远方
远方是儿时的憧憬
远方是逝去的梦想
远方是少年的惊奇
远方是无限的辉煌
远方是壮岁的艰辛
远方是无奈和凄凉
远方是老去不归路
远方是无常和彷徨
远方照亮前行的路
远方激励人们远航
遥远的地方是远方
无垠的苍穹梦远航
星辰大海劈波斩浪
天边逐日追月他乡
远方是勇士的模样
远方是懦夫的肖像
梦想成真渴望远方
如歌岁月自然远航
嫦娥奔月问天远航

蛟龙潜水深探大洋
天眼开通仰望远方
北斗导航指引航向
航母列装巡游四方
火星旅行往返安康
远方有梦想和希望
诗意和美好在远方

巫山行

迎着晨曦去巫山
动车驰行穿山峦
渝东门户收眼底
峡江风光似无限
南陵古道今非昨
沉浸体验历险关
云玺台上思高唐
杨柳坪间别样天
三峡院子夯成墙
歌声嘹亮唤团建
神女景区南线游
上下起伏看游船
一江春水向东流
隽秀三峡换新颜
神女无恙当今殊
高峡平湖多安澜
复兴大业征程急
踔厉奋发大梦圆

领航辟波向前行

——专题片《领航》观感

掌舵远航铿锵行

科学指南似明灯

逐梦先锋不畏艰

发展变革面貌新

改革攻坚图治国

人民民主同心澄

良法善治循规矩

精神家园筑长城

美好生活全民愿

绿水青山家国靖

强军之路疆土安

安邦基石铸根本

一国两制是良策

胸怀天下济苍生

自我革命勇担当

踔厉奋发图强盛

体验感知秉初心

秋赴咸宜青龙村
响应号召兴农行
四方同堂把大局
学思践悟心里明
欢声笑语葛藤峡
青山绿水拍手吟
富硒酱鸭历功久
娘心农业为黎民
城开高速一线牵
百业兴旺开山门
乡村振兴大战略
上下同心踏征程

葛藤峡映像

泉水叮咚出山崖
杂花相间秋色佳
一路欢声伴君行
歌声嘹亮葛藤峡
盐茶古道寻圣迹
道观佛寺涤心茬
青山绿水多娇瑞
振兴乡村谱新画

摩托骑士

是这样一群人
"90后""00后"摩托骑行
来自缙云山的四面八方
为灭山火自愿参加救援大军
是这样一个胆
他们的名字叫勇敢
义无反顾艰难爬行
送人送水送物资
日日夜夜不肯停
是这样一张相
炭灰模糊了双眼
汗水湿透了衣背
依然勇毅麻利向火行
是这样一种魂
一方有难敢担当
八方支援不计名
重庆崽儿挺起的一代人

雄起的重庆人站着的重庆城

巴蔓子以头留城

钓鱼城坚守阵地

秦良玉带夫出征

川军血战留英名

作孚迎浪保家国

红岩英魂啸红梅

抗战堡垒二战情

雄起前卫寰岛在

逆行出征救远亲

火场骑行Z年轻

烈火英雄重庆崽儿

血性与奉献
残酷无情的山火
有情有义的血性
奉献了重庆崽儿的灵魂
责任与担当
自愿参加自觉担当
无畏出征火场骑行
践行了重庆崽儿的无私与责任
精神与风貌
"Z世代"的不屈壮志
"00后"的顶天豪情
再现了重庆崽儿的威武雄劲
希望与未来
一方有难八方支援
一处有危四处响应
塑造了重庆崽儿向未来的明星

归望小坐

坐在春光里
看百花绽放
姹紫嫣红满山岗
蜂蝶翻飞恋花忙
坐在夏暑天
听蝉鸣鸟唱
山岗松风送清凉
晨曦晚霞入梦香
坐在秋风起
望漫展秋黄
落叶归根铺树林
尘埃落定好还乡
坐在冬雪兆
闻雪飘无声
丰雪兆吉来年高
雪人雪橇映镜框

歇凉去

"上山下乡"跃山岗
气候凉爽除暑茫
空气清新神志明
晚霞朝阳入镜框
蝉鸣鸟飞多自在
松涛林浪着盛妆
乡间美食饕餮客
味美润肠助健康

让幸福走进千家万户,用奋斗开创幸福未来

——电视剧《幸福到万家》观后感

幸福到万家

万家逐浪花

革除陋习俗

破头发新芽

城乡巧互动

奋斗闯新涯

文旅缀乡间

顺势八方夸

生态最可贵

法治新方法

家教似良种

成功德才佳

幸福手自栽

山乡新图画

眷眷为民心

接续领航跨

影视歌盛世

蝶变情理法

征程路漫漫

擎旗把云拿

朴乡

朴乡卧龙潭
汉唐遗风传
猕猴转头游
金佛照山涧
北坡胜景多
银杏梓千年
游人戏鱼虾
故知相见欢

尹子祠

尹珍传文声

开化巴国民

凤江长流水

龙济连古今

学高身成范

九州铎声闻

仰高念先贤

盛世留足音

金佛山书画院

画院起凤江
诚信好担当
梦圆金山下
为民谋利长
民宿应时势
文旅巧融妆
以文化人生
以商镌文昌

归望山之二

薄雾锁归望

他乡山水长

明月松间照

云湖泛波光

关房闻蝉鸣

山风傲山岗

笑谈天地间

岁月自琢酿

武陵仙居

蓝天白云盖山乡
农家民宿卧山岗
山里人家多勤劳
山货直播盛名扬
裂谷巧开自然功
山花烂漫嗅探忙
欣逢盛世峡江阔
乡村振兴华夏昌

晚归

夕阳挂天边
彩云伴入眠
归望萦细雾
老少猎奇幻
远山着细浪
青黛似琴弦
农家炊烟起
把酒夜欢言

梁山新姿

高梁山麓平畴远
西魏元钦首置县
破山海明开祖庭
双桂盛名传西南
竹帘灯戏演世事
非遗文化九州传
撤县建区逢盛世
沃野千里展新颜

追逐美好生活，启迪创新创造

——由电视剧《梦华录》想开去

传播传统文化

转化历史经典

再现中华美德

彰显励志精神

演绎宋时烟火

反映汴京风云

憧憬现实生活

期冀美好人生

探索历史源流

光大华夏文明

泉上人家的接续努力和奋斗

——观电视剧《三泉溪暖》有感

腾笼换鸟转换动能
关停并转起死回生
顺时应势勇返故里
奉献桑梓服务乡亲
引凤筑巢创新创业
敢闯新路聚智叠新
洗泉还债保护环境
三泉弥清滋养生民
光大传统守候文化
千年技艺后辈传承
赤诚坚韧以心换心
将心比心感化融深
擘画美景克难求真
积累进步成势功成
富民强村文明精神
物质丰富体魄文明
因地制宜巧谋善做
乡村振兴模范引领
文明嫁接同襄盛举
一带一路东西同行

向上向善接续奋斗
创造价值家园温馨
解读战略增强本领
民族复兴青年肩挺

山乡灯光

路灯一盏心坎亮
青龙偃月振高岗
乡村振兴大战略
咸宜余讯勤思量
民为邦本治国策
因势利导心向阳
花开山乡长流水
鸡鸣洞开凯歌扬

观江畅园

旭日出东方
豪光照大江
北望五鱼山
小官腾细浪
阴王栖名山
双桂鹿鸣扬
唯善呈和美
神鸟兆吉祥
钟灵毓秀地
剪裁绘奇装
不负新时代
韶华述辉煌
民心藏天地
不墨自久长
绿水如弦歌
万古籍滥觞

新时代新青年

——致五四青年节

生逢盛世历此身
共享机遇上青云
素质过硬上战场
全面发展为国民
勇挑重担不畏艰
堪当大任臂肩挺
胸怀世界望天下
展现担当铸魂灵

读是一种幸福

——致第 27 个世界读书日

眼观天下风云

耳听八方银铃

鼻嗅活色生香

口诵怡养精神

手写多彩多姿

脚踏实地安神

身触践悟行动

心想事成谋定

脑思千奇百怪

力行万里鹏程

说年年说

年是订书机
尘封一年的欢喜忧愁
年是摄像头
记录一年的胜败家常
年是休止符
停歇一年的辛劳慵懒
年是祈愿台
期盼一年的美好未来
年是发令枪
谋划一年的规划行动
年是一个符号
漏滴时间记述空间
年是一种味道
回味无穷苦乐甘甜
年是一次总结
回测展望阶段梦圆
年是一段仪式
家庭幸福天下和欢
年是一次回忆
文明传承艺术再现

金佛兆南川,花开在渝南

——南川区地名趣说

金佛山下涌三泉
大溪河畔起峰岩
凤江龙岩筑三城
东城南城西城连
德隆庆元开古花
鱼泉石莲冷水关
合溪鸣玉诞神童
河图兴隆呈大观
骑龙石墙好民主
石溪福寿乾丰年
铁村中桥望楠竹
木凉坳上见金上
头渡大有太平岁
南平白沙新家园
黎香溪源黎香湖
水江小镇笑开颜

一碗小面

一碗小面
站立在八仙桌的中间
香喷喷的鸡蛋老咸菜
拉扯着一桌人的口涎
那碗小面是那年那月的时鲜
一碗小面
香满老家的街沿
摩肩接踵的乡邻乡亲
二两烧酒把面条搅拌
那碗小面是人情往来的有效手段
一碗小面
熄灯铃后的召唤
饥肠辘辘等待伺候入眠
一群少年围满灶台瞎转
那碗小面把梦想希望点燃
一碗小面
他乡遇故知的开端
麻辣鲜香连接乡情故园
龙门阵在上桌前后摆谈
那碗小面乡音悠悠喜欢
一碗小面

挂满山城街沿路边

各种特色使劲渲染

花开唐人街华夏九州重庆小面

那碗小面成为大重庆耀眼名片

新年十愿

一愿世界和平安宁
二愿祖国繁荣昌盛
三愿人民安居乐业
四愿农业五谷丰登
五愿科技引领未来
六愿工业智慧创新
七愿物流五洲畅行
八愿医疗教育守正
九愿法治昌明有序
十愿民富国强铸魂

虎年新春的祝愿

躬逢盛世迎新春
祝福祖国江山宁
全家和谐兴万事
家庭幸福享太平
男人顶天立壮志
女士相夫教子孙
老人和气多慈祥
少辈尊敬话语轻
幸福祥云兆佳吉
福如东海高寿龄
吉言吉语送平安
祥瑞和睦大家庭
安全第一舟车乐
康颐安泰传脉根
如意芳菲经风雨
意向未来铸深情

过年的时候

流动的年
在车船飞机的行程里
喜气的年
在满树银花的灯光里
归乡的年
在游子手拉肩扛的背包里
团圆的年
在年夜饭的欢声笑语里
期盼的年
在吉祥如意的祝福里
祈福的年
在天增岁月人增寿的春联里
幸福的年
在欢乐祥和的氛围里
生机的年
在迎春花的绽放里
历史的年
在民俗文化的传承里
现代的年
在花样翻新的节目里

中国的年

在龙虎生威的豪情里

世界的年

在唐人街的热闹非凡里

归故乡

不论路途遥远

扫庭院

不论地冻天寒

祭祖宗

不论富贵穷寒

贴春联

不论字体好看

挂灯笼

不论灯红灯暗

请灶神

不论锅碗新盏

放鞭炮

不论声响久远

燃礼花

不论空气安澜

年夜饭

不论厨艺菜盘

看春晚

不论午夜疲倦

压岁钱
不论红包滚圆
穿新衣
不论时尚贵贱
话吉言
不论言说长短
走人户
不论往来平凡
拜新年
不论生熟少见
游春山
不论他乡故园
做游戏
不论老少同欢
玩棋牌
不论赌博赢钱
灯光秀
不论祥瑞升天
逛庙会
不论人头挤扁
合影照
不论背景墙面
祈福愿
不论天人同勉

家乡的年味

扫扬尘除旧迎新
贴春联新春来临
挂门神驱魔除邪
慰灶神感激神灵
年夜饭守岁天明
放鞭炮喜气盈门
吃汤圆阖家团圆
祭祖宗不忘脉根
穿新衣光彩照人
走亲戚联络感情
压岁钱送去祝福
道佳话一年平顺
赶庙会传承习俗
龙狮舞幸福丰登
巧筹划大年出行

牡丹故里，康养垫江

——垫江地名趣说

明月山下桂溪河畔流连
新时代新民常展笑颜
城东城南威武安
城西沙坪依青山
回龙曹家望周嘉
普顺大顺晓兴欢
五龙永安同襄复兴
高安福安共筑龙凤苑
长龙大石过杠家
沙河跳石归故园
五洞桥头望高峰
长龙界尺黄沙漫
澄溪砚台可望月
太平牡丹呈景观
严家汪家遇包家
白家绿柏鹤游览
沈家坪山闻界枫
裴兴三溪箐口关
千年古县一池垫江
政通人和享永平年

一起向未来

心向阳光
迎着朝阳出门
踏着夕阳晚归
精神饱满充实安分
脚踏实地
革命理想高于天
万里长征足下行
一步一个脚印踏石留痕
勤奋耕耘
一分辛劳一分才
梅香苦寒凝岁冬
勤能补拙万事成
协同前行
众人划桨开大船
众人拾柴火焰高
协同协作力赛千钧
奉献社会
劳动创造价值
价值体现人生
付出回报正向递进
关爱亲人

相逢是首歌

相拥是缘分

互助友善家和万事兴

遵纪守法

没有规矩不成方圆

党风正则民风淳

上岗直则百目顺

丰富人生

人生一条路

有风有雨融真情

风雨兼程绘征程

共享安宁

同住地球村

同是命运共同体

风雨同舟共沐春

幸福临门

幸福安康是心愿

九州同春享太平

华夏梦圆携手共进

丰富自己,快乐一生

丰富大脑
让内心不断充盈
让心始终有一盏明灯
让知识不停地输送养分
在风雨兼程中快乐一生
丰富见识
常见天地之浩荡
常见众生之平等
常见自我之谦逊
在感恩中踏浪远行
丰富生活
柴米油盐酱醋茶
琴棋书画诗酒花
把生活过得热气腾腾
在迷人的尘世间体验快意与安宁
丰富心灵
善良融进血脉
宽容浇铸灵魂
明朗成就本分
在温暖相拥中度量征程

希望

世界安宁
国泰民安
社会诚信
睦邻友善
百姓富足
江山安澜
禾苗茁壮
机器鸣转
汽车飞驰
轮船张帆
快递不误
饮水甘甜
学子归巢
医患安全
老有所依
孝道承传
灯火万家
通明光鲜
空气清新
鱼翔浅涧
百业兴旺

万类自然
身体健康
精神倍添
科技创新
赋能转换
法德并行
秩序井然
奋发图强
复兴梦圆

回望这一年

回望这一年
把心量放大放宽
包容世间万事万物
含笑尘世苦口良言
回望这一年
精进不止苦乐甘甜
万物生长生命康健
发展硬道理更加明显
回望这一年
爱岗敬业不躺平
相互协同不内卷
维护家国天下安
回望这一年
站高一层看世界
寰球大事晓心间
国之大者顺应自然
回望这一年
兼听则明文明鉴
闻过则喜心喜欢
人类命运共同体举世称赞
回望这一年

法律规矩常牢记
社会伦理重实践
德法并行和谐安澜

在你

自信长在你心里
平添些许底气志气和骨气
走路一阵风
掀起路边尘埃和碎泥
自强长在你心里
困难像弹簧
力大压到底
强者无敌勇敢胜利
自尊长在你心里
颜面似门面
口碑声誉不可弃
保养维护靠实力
自爱长在你心里
身体是本钱
父母精血造形体
养身养心为孝大道理
自重长在你心里
前程似锦有光明
心有阳光霾驱离
活在当下风雨兼程自虹霓
自然长在你心里

顺其自然遵循天理
有求必应力所能及
强求索取自当丢弃
自律长在你心里
法纪心中装
规矩人伦常记取
严谨严肃不忤逆
自由长在你心里
财富需要打拼
心灵自己丰盈留余
有约束的自由人间真理
自在长在你心里
恒顺众生灵
和颜悦色本性立
伪装面具化尘迹
自己长在你心里
人生一口气
身强体壮尘世行
只有自己把自己当自己

母亲

母亲的嫁妆
外公亲手做的雕花床
传承家族历代技艺
把挚爱细心镌刻在层层花纹上
一辈子走进一家祠堂
母亲的勤劳
寄托那一辈期待荣光
勤劳双手筑巢穴
生儿育女根苗长
责任田里秋收忙
母亲的善良
一辈子装满胸膛
三亲六戚岁岁不忘
左邻右舍唠嗑家常
情同理通常相往
母亲的智慧
持家本分不张扬
相夫教子理应当
不识天下大汉字
世事明瞭心敞亮
母亲的慈祥

镌刻在风霜的脸庞
不计名利奉献多
关照弟妹寒暑
老来默默看淡市井炎凉

懂你

时代脚步助我成长
光阴荏苒岁月华芳
诗意栖居流连家园
社群欢畅怡情悦性
观世观物大千世界
影像灼灼温润胸膛
家国故里一方热土
园丁启蒙少年刚强
田螺鱼鳅稻香沁心
野草野花四方飘香
哲思顿悟洗心涤虑
思骛八极飞驰九荒
诵经阅史传承文明
读书明理正道彰扬
分发晰理格物致知
享用无际明媚秋阳
会凌云顶攀高致远
赞歌一曲传媒华光

重庆源流

巴国称谓始于周
张仪司马灭巴首
秦惠文王置巴郡
汉承秦制旧名留
南朝四百八十寺
楚州烟雨望江楼
隋朝渝州嘉陵水
思君哪肯下渝州
崇宁元年恭州名
淳熙重庆孝母后
玉珍称帝号大夏
置都重庆震九州
明朝皇舆重庆市
抗战堡垒撼寰球
大江宏图平湖起
中央直辖筑梦舟
山在城中城在山
两江碧水向东流
江城山城浓雾化
十方温泉熨疾愁
万桥梁架开天路
千里广大宏图稠

《突围》人物志

突围大戏绎东方
揭开画皮林满江
孤胆英雄齐本安
深入京州初心扬
盲从迷信石红杏
误入歧途把命丧
一代劳模陈端阳
送子皮丹进牢房
看似油腻牛俊杰
工人本色正义当
贪权懒政陆建设
装模作样攀权岗
谨小慎微吴斯泰
手捧木牌心凄惶
京州首席吕德光
不计得失为民利
坦荡正派李学习
是非分明扬纪纲
京州时报范家慧
家事国事细思量
酒后懵懂秦小冲

遭人算计多冤枉
聪明伶俐牛石艳
正道大义记心上
阴险狡诈傅长明
窃国勾当梦黄粱
天使商务李顺东
讨债逆袭梦一场
春秋大梦钱荣成
仓鼠无赖把命伤
天网恢恢疏不漏
国企反腐继英忙
中福历史创业久
抛家舍财拓大荒
牢记初心不忘本
继往开来做忠良
复兴征程路漫漫
突出重围丽日妆
寓教于乐涤心魂
人间正道是沧桑
黎明曙光红日升
幸福港湾起海疆

时空伴随

同在一片蓝天下
春风秋雨吻此身
四季轮回不了情
同在一个屋檐口
进进出出忙劳作
奉献价值长精神
同饮一泓清泉水
滋润万物同生长
生命繁衍铸安宁
同享一米阳光照
向阳花开早结籽
大地山河绣锦程
同唱一首祝福歌
山川异域风月同
人间大道是太平

江东岁月长

校园铃声　还是那么近　叫醒每一个清晨
长跑路上　还是那么远　垭口往返大汗淋
夜宵排队　还是那么香　饭碗常敲清脆声
郊游溪谷　还是那么爽　一路欢歌一路行
采石时光　还是那么短　一群少年大梦生
过河渡船　还是那么挤　争先恐后赶前程
赶集黄旗　还是那么早　一顿美食忘劳尘
回家路远　还是那么急　那里有故乡亲人
作别刹那　还是那么久　一生相逢泯恩深
回首往事　还是那么念　江东岁月伴一生

人工天河红旗渠

高举红旗向前进
重塑河山杨贵行
顺时应势解干涸
引漳入林祖太能
气壮山河凿太行
战天斗地创业诚
无私奉献走在前
团结协作林县人
改造河山谋幸福
十载历艰济生灵
愚公移山出太行
镌刻民族精气神
一曲高歌传世界
人工天河寰宇惊
八大奇迹留胜迹
引蓄提灌排电景
宏伟精神代代传
重绘复兴新征程
泱泱华夏毓秀地
继往开来写丹青

那年

那年的秋天
相逢在乌江边
那年的校园
坐落在菜场沿
那年的师资
学有专长素质高
那年的学生
来自巴蜀各区县
那年的经费
国家财政有保障
那年的专业
文理五科全
那年的初愿
培养教师燃灯照
那年的校风
教学纯正高于天
那年的理念
学高为师身正范
那年的社会
改革开放锣鼓喧
那年的前沿

思想解放成先导
那年的作用
引领风气搏云天
那年的渴盼
争做新人为国奉献

功勋赞

在抗美援朝的硝烟中
七连战士把你颂扬
346.6 米高地闪烁火光
能文能武智勇双全敢担当
关键一役威武刚强
李延年英勇为国争光
在氢弹研制的日夜里
服从组织安排不计名和利
义无反顾驰骋疆场
打破封锁自力更生
熬更守夜秉烛续航
氢弹燃爆于敏辉煌
在深藏功名的岁月里
默默无闻六十载
转业复员报家乡
斗志不衰献良策
身残志坚耕耘忙
张富清依然身着戎装
在核潜艇深潜波涛下
一时大国硝烟起
大战硝烟起云浪

国之重器当发威
手中有粮心不慌
黄旭华下潜核潜艇上
在提案采写字里行间
倡导男女同工同酬
建国以来国是共商
田间地头听民声
党政国策向下扬
申纪兰须眉不让好模样
在叩问苍穹的征程上
两弹一星举国同襄
叩问九天志气高扬
献身科技矢志不渝
航空航天神舟升舱
孙家栋问鼎天路向远方
在青蒿素提取试验台旁
抗疟举世皆重
青蒿素一剂安良
为国争光寰宇惊
诺贝尔奖花落理当
屠呦呦一生天使装
在杂交稻育种田中央
一种使命敢担当
孤舟筏重洋

电光石火间起
杂交水稻济丰粮仓
袁隆平梦圆沃野田垄旁

依靠

依靠祖先
赓续血脉
依靠自然
延展生命
依靠祖国
脚踏大地
依靠组织
归依魂灵
依靠平台
体现价值
依靠社会
和睦相亲
依靠家庭
停泊港湾
依靠朋友
携手同行
依靠勤劳
打拼世界
依靠智慧
一生安宁

桥

渝新欧联通了世界
让五大洲不再遥远
让大西洋近在眼前
让黄白黑皮肤相间
让各种语言相交欢
让命运成为共同体
让万物和谐同安澜
断代工程连接了古今
远古从那儿走来
尘封往事启人眼开
资本主义明清萌芽
赵州桥石拱多奇彩
逢山开路重架金桥
遇水搭梁万商云来
彩虹桥加强了交流
两岸从此不再封闭
两山雄关不再阻碍
车流滚滚串联城乡
物丰业茂威武
扬眉登台
昂扬挺进复兴时代

连心桥沟通了心灵
　沟通从人心开始
　舟桥承载同担待
　民之急有人应承
　民之难有人牵拽
　民之愁有人打理
　民之盼理当关怀
架新桥促进了发展
　要想富先修路
　喇叭响黄金来
　凿开巫山成大道
　时代楷模愚公在
　一带一路连接世界
桥都山城彩虹披戴

火红年华分外红

——电视剧《火红年华》观后感

那一段尘封的岁月
世界风云突变
战争硝烟漫卷
备战备荒为人民
靠山分散建三线
国家利益高于天
信箱代替了地址
保守秘密筑铁关
那一个战略的备份
一穷二白的新中国
抗美援朝志气添
纲举目张为安澜
成昆成渝湘渝线
弄弄坪上高炉燃
川南钢铁惊尘寰
宝鼎煤矿井巷宽
那一种难忘的精神
艰苦奋斗是精髓
无私奉献成魂魄
团结协作铸根基

勇于创新旗插高原
筚路蓝缕的三线人
献了青春献子孙
把热血和智慧写上山巅
那一个城市的崛起
金沙蓝梦记忆香甜
钢城崛起山水画卷
好人好马基因犹再
阳光之城南粉北面
三线遗产生机盎然
文化创意景色生香
工业博物馆赓续血缘
那一代青春的芳华
霍茂森领航时代
赵殿楚勇带兵团
夏方舟一代英豪
秦晓丹终圆父愿
陈国民豪拥旌旗
武本奇志攀云天
光复汀兰英名传

与阳光同行

心里有火
点亮一片天
让热血奔涌
让干劲平添
让事业有成
让大地花繁
眼里有光
看日出东方
见人之长短
见事之机缘
见物之转换
见势之可援
脚下有路
千里足下行
走出天地宽
积跬步不停
点线面可圈
梦圆手中间
手中有招
用心纳众智
用情析大愿

用力向上攀
领航应时势
同向把桨攥
胸里有数
大势能看清
大政当辨明
大局心中装
大事跟紧做
大业奋力行

日升玉带

——乡村振兴图

乡村振兴靠人才
国家两部委建基地
乡土人才网课开
洗脑开眼增新知
武装农民新一代
产业振兴出奇彩
因地制宜重置产业
农房变民宿
种养加网上卖
富民有路脚下踩
文化振兴涤心魂
继承借鉴兼收并蓄
自信自强豪情满怀
守正创新花正开
种子下地梦想犹在
组织振兴车头带
村支两委撑基层
基础牢固齐心登台
政策能够落地
方略变得实在

生态振兴八方来
青山如画水长流
天人合一共生和谐
新农村画图美
振兴崛起指日待

述说

涂山望夫归
禹迹遍疆陲
神女佑华夏
楚湘三户魂
夔门雄天下
踞关自勇随
献首巴蔓子
忠信两不亏
三国八阵图
谈笑冠须眉
托孤白帝城
阿斗三军累
翼德徒勇义
云长走麦城
石刻敦教化
摩崖笛女瑰
大夏短暂存
开枝韩风翠
双喜重庆府
恭王立绍熙
雄峙钓鱼城

蒙哥折旌麾
彩石遗水岸
峡江蓬莱境
沉魂北丰都
儒释道善存
石鱼兆丰稔
涪翁墨翰铭
陪都风云谲
抗战成堡垒
花发红梅赞
傲霜铸精魂
三线建安澜
宏构大国雄
长河宏图起
高峡出平湖
直辖担重任
举国同襄盛
双城共携手
壮岁峥嵘稠

对山居说

静观天星对山居
空山新雨秋来急
会商务虚又务实
再造兴农筑天梯
回溯十年风和雨
展望未来初心栖
漫漫长路同携手
复兴征程挥旌旗

对山秋色

黄花槐点缀山岗
葛藤花紫挂路沿
翠绿葱茏绕农家
黄葛树伞盖檐边
书声琅琅在天星
那时那事今笑谈
乡情馆乡贤挂墙
盆景园掀开眼帘
静观天下花木秀
人天和合多自然
鸡鸭鹅清早鸣笛
唤醒主人锄田园
飞架南北三圣桥
把静观传递海外
绿水青山多隽秀
乡村振兴指日待
秋色秋声对山堡
又一秋暝佳作开

接轨

与世界接轨　洞察五洲风雷
与时代接轨　感知催征仪规
与社会接轨　发现百业有为
与基层接轨　顺遂前行无悔
与民心接轨　体谅冷暖安危
与历史接轨　殷鉴先贤精微
与现实接轨　校正航向紧随
与未来接轨　复兴征途景美
与生活接轨　柴米油盐巷间
与大地接轨　春华秋实果缀
与科技接轨　赋能万物力垒
与美好接轨　同向同行永辉

中秋月圆

共话岁月情长
回首父辈荣光
辛劳镌刻在他们的脸庞
耄耋老人心敞亮
回望儿时模样
蹦蹦跳跳把学上
知识志气扣在我们的纽扣上
看看成长的后生
各自奔忙在自己的岗位
用勤劳扮靓生活新时尚
共览盛世风光
青山多俊秀
白云绕山岗
金山银山巧梳妆
绿水水长流
鱼翔浅底好欢畅
休养生息同生长
城乡共繁荣
电商奔驰乡村田野山梁
新格局打通城乡屏障
共品美食佳酿

自然成熟的蔬菜瓜果
烹饪发烧成美味品尝
男女老幼合胃肠
鸡鸭土生土长
熬制成酸菜老高汤
咂嘴弄舌话家常
桂花米酒香又甜
举杯邀月望吴刚
奔月绕落回耀眼眶
共赏月圆天上
年年有此时
月圆中秋团圆饭
万家灯火同热凉
岁岁有今朝
政通人和国之幸
百业兴旺家国康
事事遂人愿
山河安澜万物生
天地和谐去灾殃
共祝山河无恙
天清地靖画图美
乡村振兴新辉煌
人人奋斗赶考场
水秀山明多奇妙

重绘宏幅添新良
山欢水笑百姓康
前程似锦复兴路
不忘初心人民至上
泱泱华夏扬帆再远航

秋

菊花黄

银杏扬

丹桂流香沁心房

秋雨秋露历暑凉

秋风起

秋雨落

秋声阵阵掀叶黄

秋色生香溢画框

秋收忙

粒归仓

一年辛劳笑颜装

万家炊烟上屋梁

听秋雨

闻秋声

巫峡红叶漫山岗

江山如画植高墙

我们为什么不谈爱情

七年前
我是球场里迅捷的身影
你是舞台上轻盈的步伐
七年前
爱情于你是月光皎洁 怦然心动
爱情于我是有恃无恐 失去理智
七年后
我是清澈见底的水 阅历尚浅的纸
你是公园池塘的鱼 书写未来的笔
七年后
爱是灵魂的契合 无法割舍
情是志向的统一 无与伦比
七年荏苒
我们为什么不再谈爱情
既为我成了真正的自己
亦为我已寻得期望中的你
更为时间向我们证明何为爱情
此时，已是至亲之情

唤醒

——致第37个教师节

唤醒生命
让生命充满光和热
在阳光下一路前行
唤醒灵魂
让灵魂充满情感和安宁
在从容中笑谈古今
唤醒智慧
让智慧充满脑袋和神经
在风雨雷电中增长精神
唤醒体能
让体能伴随一生一世
在万里驰骋中蹚过泥泞
唤醒活力
让活力充满生命的历程
在彩虹漫卷下欣赏风景
唤醒品行
让善良充满内心和言行
在纷繁喧嚣中自重自尊

年的味道

持续记忆岁月年轮
把成长和智慧写进人生
万里团圆畅叙亲情
把风雨和艰辛写进归程
合手烹饪风味美食
把民风和传统写进菜单
相互礼拜祈福烟火
把涤秽和希望写成祝愿
诚挚祭奠祖先感恩
把孝老和敬亲写进灵魂
示范引导后生精神
把家风和家教写进门庭
同心展望未来期盼
把丰收和喜悦写进光阴
吉祥祝福全体康宁
把欢喜和愉悦写进本性

从山中来

山里的风光多奇彩
　　绿水长流
　　青山如黛
　　天高云淡
　　月夜星曳
牛肉没有注水
番茄成熟采摘
果蔬没有农残
山民纯朴叫卖
　　风是香的
　　水是甜的
　　玉米是糯的
松涛阵阵贯耳
泉水叮咚叮咚响

望山风

归望山的风
吹走了今夏最后的酷暑
金佛山的风
迎来了今秋第一场雨露
仙女山的风
浓雾锁住了懒坝的奇装
南天湖的风
掀开了天湖瑶池的盖头
武陵山的风
让禅钟在森林里摇曳
明月山的风
卷黄着家乡的层层梯田

祈愿

天空湛蓝
河流波安
大地肥沃
绿树撑天
空气清新
脸挂笑颜
春柳河岸飘荡
夏荷铺满稻田
秋色丰稔无边
冬雪又兆丰年
夜晚星光闪烁
白天勤劳勇攀
儿童快乐上学
少年驰骋闯关
青春扬帆启航
中年稳重行远
老人笑逐颜开
耄耋鹤发童颜
男人挺拔坚强
女性妩媚光鲜
一生无恙幸福随

一家无疾万事顺
一地无灾又无难
一国昌隆万万年
天下大同寰宇安

七一盛装

特殊的日子

石库门发祥

红船精神装

一路初心不改

一路使命担当

为人民谋幸福

为民族谋复兴

年年有今日

岁岁脚步铿锵

百年大党风华正茂

百年历程山河奇装

庄严的课堂

天安门礼炮鸣响

国旗冉冉向上

贺辞情真意长

献词声震广场

领袖讲话磅礴撼心房

一曲国际歌

把英特纳雄耐尔再传唱

如潮的人群

如花的海洋

传道授业征程续航
雄壮的舞台
蓝天雄鹰展翅
大地锦绣花漾
歌声抒发情怀
笑脸透视阳光
天安门隆重观礼
广场笑迎八方
红色连接历史
绿色演绎希望
军号声声催征程
歌声阵阵似海洋
威武的力量
开天辟地建党
改天换地奔忙
翻天覆地
辛勤耕耘
惊天动地喜气洋洋
站起来的中国人
在富裕路上奔闯
强起来的征程中
党是无坚不摧的力量
人民就是江山
民心在江山长

真挚的情怀
回望百年历史
不忘先辈戎装
喜迎当今盛世
犹记先烈荣光
人民是英雄
团结是力量
人民有理想
国家有力量
民族有希望
复兴大业同心同向
豪迈的希望
以史为鉴心向党
团结人民
再远航
马列主义大旗擎
社会主义道路畅
强军之路不忘危
世界大同心里装
伟大斗争新时代
中华儿女英姿爽
自身建设身体康
开创未来幸福长
时代的光芒

一个庄严的时刻
一场隆重的庆典
一篇光辉的文献
　　把自豪写满
　　把自觉写上
　　把自信增添
　　把自强上扬
　　赶考新征程
　　事业万年长
　　祝福人民万岁
　　祈愿山河无恙

小时候的味道

小时候的味道有点甜
　甘蔗当礼品
　甜高粱秆扛上肩
　一个柚子剥弄半天
甜蜜的微笑藏着心里欢
胡萝卜里也能甜透心间
小时候的味道有点香
　米花糖香越远山
　油糟面香满屋檐
　中秋的糍粑碓窝鲜
　青菜稀饭半稀半干
　秋拾稻穗满筐篮
小时候的味道有点脆
　豌豆胡豆油沙炒
　红苕果脆声甜
　炒花生过年尝新鲜
　　咀嚼脆声传
　　腰包揣得滚圆
小时候的味道有点软
　红糖汤圆软如棉
　白面馒头好喜欢

糯米饭带着小肉丸

一诺千金有预见

那山那水那时天

小时候的味道有点暖

晨起做好早饭

午间将就用餐

出门做客晌午有着

夕阳晚归炊烟袅袅房顶升冉

阖家欢乐岁月无边

小时候的味道有点苦

劳作挥汗如雨

砍柴爬坡上坎

长夜守候庄稼

秋收颗粒仓满

伸伸懒腰一声长叹

小时候的味道有点酸

酸干菜度饥寒

酸咸菜作料鲜

酸鲊肉要吃一年

酸掉的菜饭刨进肚里边

勤俭持家家风传

小时候的味道有点久

一年有多久

天天盼过年

一季有多长

长夜漫漫心里算

同乐共喜家有粮手有钱

小时候的味道有点远

翻山越岭道香甜

人情往来米和面

远亲不如近邻

远水近渴解难

远去的岁月味道悠然

攀登

攀登是一种习惯
人生几多沟沟坎坎
踏平坎坷心怡然
事业峻岭峰峦
迈步从头越苍山
攀登成为习惯
风雨兼程冲顶往前
攀登是一种信念
种子埋在心里
扣子扣在心田
从来不畏艰险
积极进取当然
攀登成为信念
追逐梦想一路欢
攀登是一种精神
自信荡漾脸庞
自立志愿过雄关
自强不息克艰辛
自尊自爱闯江天
攀登成为精神
风雨雷电巧钩缆

攀登是一种干劲
手把脚踏莫凌空
稳扎稳打向上攀
行百里者半九十
达峰为高视野宽
攀登成为干劲
力量千钧毫发不散
攀登是一种骨气
不服输力克极限
不停歇初心永远
不到长城非好汉
不达目标誓不还
攀登成为骨气
功成业遂天地间

中关村创业大街

他们怀揣梦想
只身来这里闯荡
背包里有全部的资粮
码农勇攀高墙
一杯咖啡描绘远方
一杯清茶
浪行大疆
族谱中找寻灵感
传统里改写沧桑
小小窝居心怡然
梦在心在拓大荒
一碗面条创奇迹
一勺米线开食堂
游戏里藏着智慧
拉勾引发大脑疯狂
独角兽长成巨无霸
北漂客大舟过五洋
大巴黎把他们留下
智利韩国依旧情长
四十年风雨一条街
四十载硕果累累几多辉煌

创新创业大集会
场场派对人气暴扬
安徽有个小岗
北京中关村旁
一村一地一群人
自己打拼成脊梁

小小的幸福，在你的身边

路边的花开
向行人秀恩爱
行人的笑在
向世界展奇彩
一碗小面合胃口
果腹润心田
一口老酒好自在
怡养精神智溢怀
顺手一件善事
解别人之难
顺路帮办采买
添他家之自在
柴米油盐酱醋茶
活色生香百姓悠哉
立地顶天大树栽
木丰林茂
装扮世界
小小的幸福
从你身边来
幸福快乐来自心态

晨曲

下雨的清晨
被沙沙雨声惊醒
在睡梦找寻丢失的声影
白桦林长满智者的眼睛
俯视大千世界亦幻亦真
鸟儿淋湿了翅膀
在树梢头扑腾
冒雨撑伞的早行人
盘算着一天的新营生

金山情缘

重上金佛山　燃灯古佛缘
辛丑春光好　欣游金山巅
龙溪秉烛夜　道坚发宏愿
古佛渊源久　丽日重见天
旅投开金佛　凤凰并蒂莲
天星古镇立　温汤慰体安
索道挂悬崖　碧水落幽潭
药池换新装　牵牛新厦添
山城美丽地　举世呈遗产
历时四十春　九递重开颜
杜鹃花重重　方竹点头欢
金龟朝阳路　绝壁栈道连
古佛洞中藏　擎龙锁铁栏
远眺新楼起　近禅悟心关
人情似水流　世事如云盘
高峡起平湖　波光映圣贤
云驻深山留　雨涵层林田
世事如棋弈　复兴绘新篇

醒来

从睡梦中醒来
你能看见真实
从迷茫中醒来
你能看清真相
从误会中醒来
你能看到宽广
从颓废中醒来
你能看透曙光
从懒惰中醒来
你能看见收获
从狂躁中醒来
你能看懂平淡
从痴迷中醒来
你能看淡分量
从贪婪中醒来
你能看懂无常
从责怪中醒来
你能看开自然
从后悔中醒来
你能看出心怀

上学路上

我们走在上学路上
清晨,迎着朝阳
一路青青草
一路菜花香
肩背着书包
手舞着棍棒
不时追蜂赶蝶捉蜻蜓
上学是最美的时光
我们走在上学路上
南来北往的行人
悠哉乐哉
耳语话家常
飞驰的汽车
卷起尘土飞扬
爬车省时赶回校园
晨跑早读书声琅琅
我们走在上学的路上
夜行船机器轰鸣响
睡梦中觉着长河波浪
一早飞奔到教室
听老师讲授考试大纲

校园旁边的小面喷喷香
周末上课欢喜徜徉
我们走在上学的路上
学厨艺全家品尝
学舞蹈身心健康
学书法本领增添
学插花岁月情长
白发染双鬓
奇彩斑斓着新装
听读写怕关键遗忘
不同的时代
不同的年轮
不同的时光
不同的心情
不同的追求
不同的脸庞
不同的喜好情怀
我们都在上学路上

人生十喻

人生如书
粗缯大布裹生涯
腹有诗书气自华
少年好似连环画
青年流行杂志挟
中年秉烛弄学术
老年手把线装拿
人生如戏
生旦净末丑端详
如戏人生路正长
生活苦乐舞台展
时间为景自然光
情感起伏藏线索
成功高潮多徜徉
人生如草
野火烧不尽
春风吹又生
四季轮回中
倔强自抗争
夏花顾绚丽
秋叶本凄清

清净无忧惧
　　坦荡自然成
　　　人生如月
人有悲欢月自明
阴晴圆缺朔望分
坦然自信心态好
月照九州历天清
古月何曾照今时
今月何曾见古人
举杯邀月影何似
一壶浊酒抵万金
　　　人生如酒
今朝有酒今朝醉
明日无来明日愁
年少盛时须纵酒
得意尽欢上层楼
减负无碍优雅行
笑看恩怨月朗候
无悔无惧且歌行
道路不平侧身走
　　　人生如歌
白日放歌须纵酒
青春作伴好还乡
豪放婉约自成格

曲折幽深情自长
浅显直白成大道
山岗松风浸心凉
明月如诉泣山泉
虎啸龙吟卧龙岗
　　人生如棋
一白一黑大世界
局里局外皆是命
下棋越少人生短
小小棋盘风云临
下棋做人同此理
棋品人品高下分
输赢落子无悔意
道旁无言是高人
　　人生如花
缘来缘去终会散
花开花落总归尘
一花好似一世界
一笑尘缘结缘分
缘起缘落自有时
悲欣交集叹长亭
　　人生如舟
沉舟侧畔千帆过
病树前头万木春

青山依旧在山崖
几度夕阳红似云
舟行千里终归岸
流水向东大海情
浪行天涯人生路
起伏跌宕不羁魂
　人生如梦
梦里不知身是客
一晌贪欢道天明
人生如梦佳期待
蓦然回首万事宁
回首三万六千日
劈波斩浪风雨行
曾经沧海难为水
除却巫山不是云
人生如书勤读气自华
人生如戏常思台上下
人生如草野火烧不尽
人生如月圆缺心态佳
人生如酒得失心自宽
人生如歌豪迈走天涯
人生如棋黑白大世界
人生如花红谢勿自夸
人生如舟浪行千万里
人生如梦一绽似昙花

重庆名片

美女
流连街头
打望的人
南来北往
解放碑旁川行
一方水土一方人
火锅
满街林立
麻辣鲜香
大汗淋漓
熬煮一锅佳肴
开放山城喜盈门
小面
四面八方
干溜提黄
宽心宽肠
温润如玉乡愁
家乡味道更多情
夜景
流光溢彩
两江四岸

山水桥城
站着挺立天明

种子

禾苗的种子
种在土壤里
雨露阳光让它发芽
把希望送给劳作的人
知识的种子
种在脑袋里
成长的烦恼为它让路
带着人们走向美好明天
技能的种子
种在勤劳的手里
生活大舞台上开山凿石
巧夺天工创造无限的可能
善良的种子
种在心田里
慈悲喜舍播大爱
让世间从此温暖花开
友爱的种子
种在地球村里
相助相帮共携手
同此凉热共襄命运共同体
勤奋的种子

种在日常习惯里

秉持笨鸟先飞翔

风雨兼程赛过百懒惰

自律的种子

种在夜深人静里

慎终如始经诱惑

初心如磐踏浪砥砺

合作的种子

种在世间大道里

众人拾柴火焰高

共建共享大业共举

奉献的种子

种在人生征程里

积聚向上正能量

美好未来声影载记

谦逊的种子

种在灵魂里

上善若水承大舟

顺时应势天人合一

我是兴农人

我是兴农人
年轻是我的特性
我是兴农人
专业是我的本分
我是兴农人
服务奉献为人民
我是兴农人
团结协作效能增
我是兴农人
希望种子植根深
业务赋能新征程
聚焦产业专精深
管理赋能深细实
步步为营量质升
科技赋能顺大势
与时俱进添动能
人才赋能夯良基
培根铸魂基业青
文化赋能历长久
兴农大业蹄步稳
二次创业不停步
再造佳绩当拿云

兴农之歌

我从大山走来

武陵山挺起脊梁

大巴山展示风采

统筹城乡漫山花开

我从大江走来

长江贯通了血脉

嘉陵浸润了情怀

服务三农初心仍在

我从大城走来

城乡互联共建设

城乡互动齐彩排

盘活三权使命记载

我从大业走来

二次创业不停步

再造兴农征程迈

基业长青同舟共拽

我从大梦走来

复兴征程大道行

赋能聚势宏图开

茁壮成长梦圆同待

选择的因缘

选择快乐　愉悦相随
选择自由　创新相随
选择勤奋　收获相随
选择认真　满意相随
选择善良　回报相随
选择真诚　实在相随
选择敬畏　顺境相随
选择自律　顺心相随
选择团结　力量相随
选择协作　合力相随
选择平凡　平常相随
选择自然　道法相随

觉春

听春雨
淅淅沥沥
洒满大地
浇灌渴了一冬的禾苗
看春花
争先恐后
开遍枝头
披戴秃了一季的秀发
咬春卷
体味翠绿
活色生香
温润流了一腔的口涎
嗅春风
荡漾河岸
吹绿柳芽
招呼布谷一声的鸣畅
觉春阳
唤醒沉睡
蹭破泥土
大地添了一片的奇葩

遇见是一切的开始

遇见朝阳　万物生长
遇见花香　心情徜徉
遇见高人　思学无量
遇见时尚　攀登向上
遇见春雨　含苞待放
遇见麦浪　秋收希望
遇见达人　自悟践行
遇见富商　勤劳奔忙
遇见诚实　根正苗壮
遇见善良　内圆外方
遇见智者　身正导航
遇见健康　财富刚强
遇见秋禾　秋收冬藏
遇见自律　壁立自刚
遇见冬藏　雪地戎装
遇见谦逊　自威八方
遇见涵养　一世资粮
遇见美景　光芒万丈
遇见荡漾　寂静波浪
遇见天清　万里海疆
遇见海洋　五洲激荡

遇见过去　回首既往
遇见滥觞　记忆沧桑
遇见一切　有缘勿伤
遇见元皇　地煞天罡

天贵书店天贵面

天贵书店
那代读书人的眷念
开在公园路的下层边
山城书刊店的淘选
棒棒荷担轮船载
火了一城的读书人
火了公园路的街邻
从那里望见世界
从那里知道外面
知识浇灌一代魂灵
天贵的面
开在八角井的街边
一碗糊辣壳
让人回味了许多年
劳作一天的犒劳
就是那一碗韭叶面
佐料随便加
臊子也可添
老食客回头笑开颜
和气能生财
薄利多销声名赚

党校路旁开起了分店
堂口桌椅摆上路沿
身残志不残
夫妻和顺把钱赚
天贵的书
天贵的面
成了江城的新名片
滨江路天贵夜宵面
无需加盟凭人缘
主副食材全定制
自研秘方味不变
一碗面的舌尖
一家人的天蓝
盘起一个产业链
立志愿起宏图
有心人事能全
幸福生活自己闯
撸起袖子加油干

神秘 816

麦子坪的山岗上
住着一群共和国的脊梁
背井离乡
隐姓埋名
秘密保守着爹娘
代号取替了山乡
往来信件不封装
三代政审可上岗
自成一体全社会
自我循环不慌张
学校医院商店一排排
五湖四海一家亲
用青春热血和汗水
芳华铸就辉煌
大山被掏空
巷道走车辆
高楼洞中立
水流起波浪
耸入云霄的烟囱
把神秘往云雾藏
国之重器

军魂担当

好人好马上三线

两基一线保大疆

为和平而战

为和平而建

泛黄的图文陈旧的物件

把战天斗地的岁月封装

故乡的寻找

逡巡在山坡
回望田畴
见炊烟袅袅
鸡鸭鹅狗各自欢游
牧归不见了儿童
老人三五成群
有答无应地聊天
青色如黛的明月山
在家门口遥望
那里有数代人挑不尽的柴火
滋养生民
河沟田巴凼的鱼虾
美味无比
夕阳西下
躲猫猫修房子
把羊儿圈杀
树竹间的鸟巢
捣蛋捉弄成美肴
邻居家的篮瓜
成了爆竹的笑脸
盼着一年的新衣裳

新鞋子走出风扬
梦想出农门
手握钢枪杀敌人
学一门手艺
闯荡江湖
腰包鼓鼓好威风
光耀了门楣
说亲不费劲
新屋一对对
延续祖宗根脉
湖广麻城的家谱
又下书一横
老湾老了
星星点点搭建
散枝开叶
成就代代不息的根魂
走在故乡的小路上
追寻往昔流年
我们的幸福
我们的童年
我们的青春
我们的梦想
我们的自我
我们的成长

我们的亲情
我们的失去
我们的现在和未来

拥有这样的平常

千里迢迢平安归乡
翘首以盼故乡点点星光
一家子团圆共守岁
不让爸妈门前灯盏独亮
七手八脚同秀厨艺
品尝儿时味道心情徜徉
走在赶集的乡村路
追蜂逐蝶看油菜花儿黄
十里八乡家长里短
说不完那年那月短与长
外面的世界变化多
一起约定共享诗和远方

国士钟南山

医学世家钟南山
世藩月琴家风传
治病救人是本分
执着严谨惟德添
爱国创新志家国
留学归国济黎元
武汉抗疫显身手
精卫衔枝沧海填
顶天瞄看全世界
立地价廉药效安
援黔无私铸大义
多彩贵州佳话传
敢医敢言真国士
真药真话匡时艰
非典新冠硝烟弥
挺身前线挽狂澜
星汉灿烂追大风
请战报国豪气掀
誓与病魔较高下
大地安澜春满园

我和我的家乡

——观影感想

北京好人

天上掉下个UFO

最后一课

回乡的路

神笔马亮

老乡亲戚能有病床

三顿能吃饱饭

新衣服穿在身上

有房能遮风雨

身体有疾医生帮忙

孩子能有学上

青山绿水宝贝盆装

多彩山川天清地朗

绿水长流河道清亮

春来满眼绿

夏果盈枝头

秋收满筐箱

老师的嘱托变理想

山乡书声琅

图画现实装

最后一课萦脑海
同学老师皆不忘
教育为本国之纲
家乡黄沙披上绿装
教师的执着铸就代代理想
愚公移山家乡变了模样
果香飘四海
游子归故乡
美丽乡村动人新时尚
神笔马亮能改模样
出国学西洋
油画异域风情长
第一书记神笔一枝
塞上风光旖旎朦了眼眶
新人新事一样风光
我和我的家乡
时光改变了模样
城乡统筹公共服务短变长
科技下乡山川打卡网红妆
老师的嘱咐梦想不在远方
回家路上神笔马亮绘新房
我和我的家乡
祖国的四面八方
春风化雨江南春早

北雪隆冬情深意长
青藏高原从天起
东南沿海浪涛声声壮

归程

父母的生日
是我们的归程
来自四面八方
把一桌饭菜烹蒸
来一壶老酒
同庆华年鹤发生
向百年奋进
迈向强国再逢春
传统的节日
是我们的归程
春节贺新岁
清明祭祖坟
端午吊屈子
中秋话月明
五一国庆小长假
片刻休闲养精神
双亲的病痛
是我们的归程
切肤之痛心连心
救急汤药把手伸
医院能治身体

亲情可滋魂灵
养在深山得地气
远在他乡常叮咛
家人的安宁
是我们的归程
一家有喜同庆祝
一人有事当过问
血浓于水同根脉
相亲相爱一家人
和实生物百花发
家和万事大吉星
故乡的房屋
是我们的归程
风雨摧残瓦
岁月断房门
那里有我们的身影
那里有我们的趣闻
同舟共济出大力
共筑家园故乡情

夫妻的蔬菜姻缘

为了种子发芽
走遍东北亚
追寻适生的良种
为它安个新家
在巴山渝水间
冬春不停步
昼夜不舍地孵化
为了四季菜花
考量土壤温差
测试地标海拔
春种蔬菜
夏发菜花
秋收硕果
冬藏精良待明夏
为了绿满田园
流转来的土地
搭上了棚架
装上喷淋设施
贴好粘虫板
秧盘铺满园
春来绿满涯

为了瓜果菜香

沿江有奇瓜

中山开奇花

高山新品种

四季绿满园

月月菜花香

百姓餐桌秀奇葩

为了百姓烟火

柴米油盐酱醋茶

起床把门开

炊烟袅袅上屋顶

有菜香能拌饭

有绿叶把面呷

人间至味清欢话

谢冰心

福州长乐生　烟台蒙世尘
发愿登梯燃　为爱铸世魂
历世近百年　精神永长存
繁星挂高天　春水漾情深
一帜独在树　样貌韵致成
光明新中国　五虎新声名
通讯小朋友　初心半世情
种子撒心田　灵魂铸安宁
春来发百花　童颜长精神
十卷倾心著　着笔留译菁
高龄八十岁　燃灯海外文
睁眼看世界　互鉴光芒升
关爱新一辈　好声和巴金
情长路亦远　嗅兰润兹身
温存播大地　微语透心灵
蓄道德传授　能文章冰心
人民作家封　灵魂漾青春
冰心出玉壶　纯真留脑门
追光怀巨匠　后浪当奋进

传媒基地

蓝天顶在头顶
白云飘在楼层
绿草铺满大地
茂林修竹蝉鸣
红砖延开一片
幕墙透明览胜
鱼游浅滩逐趣
花开四季分明
摄像头记录时代
话筒传递大民情
灯光演绎烟火长
幕墙刻画年轮深
转播车穿越山川
艺员装扮戏纷纭
文案策划大梦起
导演铸就团队魂
电视形象直观
广播温存记明
舞台记录芳华
演艺上下翻腾
广告城门有味

婚庆新人喜庆
文创转化创新
融媒体新精灵

行走在故乡

一方石砚台
承载着先人的笔墨情怀
牵引着代代学子走出大山
去看去闯外面的世界
一河龙溪水
从古流到今
滋养两岸青山
梯田层层风吹麦浪绘奇彩
一坡花果园
四季花香鸟语
硕果盈枝游人来
香甜笑容果园秀恩爱
一个廖家槽
大办水利兴修水库
你追我赶学大寨
库渠成网良田水保稻花开
一段明月山
界别了州县
古驿道马蹄铃铛响
南来北往货郎吆喝漫山寨
一屋炊烟袅袅

起早贪黑的大爷大妈
点燃了一屋的炊烟
饭菜香满壮体魄
一桌石磨豆花
千年古县的特色
牡丹故里的风采
惹来游人啧啧称赞味道鲜
一场双扣组合赛
阵阵笑声好欢喜
声声叹息悔不该
比的是心境打的是心态
一趟高铁飞驰
改写了梦想
变幻了时空
游人如织手牵怀揣
一回回祝福
攀高百年是你的梦
是我们共同的祝愿
看那年花开月正圆

陪你一起去三峡

长长的河道
从远古走来
青藏高原的白雪
格拉丹东的风雨
化着朵朵浪花
洗开盆地的门栓
把一路风尘一城人
卷向后山的新屋檐
筑巢梦圆看山水
成群结队一排排
那里有你的影子
一起日夜看云彩
宽宽的湖泊
从昨天走来
江津米花糖好酥
长寿沙田柚好甜
涪陵榨菜好鲜
鬼城龙眼香
石宝寨盆景再盛开
万州新桥剪头彩
张飞庙换了风景

白帝城束上绿腰带
红叶满山神女着新妆
一起乘风破浪的姐姐
那里有你的相机手机
陪你一起看云彩

寻找丢失的自己

曾几何时　把自信丢了
承诺和答应变成枉然
曾几何时　把自尊丢了
身心颜面不再羞赧
曾几何时　把自爱丢了
父母的千万机缘不再惜添
曾几何时　把自律丢了
随性随意成了家常便饭
曾几何时　把自强丢了
逃避回避一次次梦魂牵
问自己千万遍
为什么把谎言编
为社会千万言
谁铸就这样的奇妙怪丹
问家庭千万次
谁能把一世的责任担
自觉觉他　外在枉然
自渡渡他　一世情缘
人有病　天在看
精气神还在　攀登不畏艰
家和万事兴　乐业身家安

我们还年轻

梦想再升腾
再过三十年
望大海星辰
学习新科技
顺时应势踏浪行
心态与日新
心中有光芒
脚下起风尘
踏遍神州千万里
探索环球新文明
身体能运动
运动增强体质
运动增添活力
运动延展生命
运动快乐年轻
追求美善真
形式神似境界美
心善意善众善临
真情实意信愿行
大美无言抵万金
与前浪同行

后浪推前浪

前浪没沙沉

世事与日进

万象常更新

和时光同尘

人生如戏上下转

人生如酒醉来人

人生如棋局局换

人生如梦如幻影

灵魂安放的地方

神州大地间
那里有巍峨高山
那里有一望无际的大平原
那里有长江黄河珠江水
那里有河网相连沧海桑田
灵魂守着大地母亲
手心相连安泰好怡然
历史长河里
老子骑青牛道下五千言
把天下大道梳理个遍
孔圣人门徒七十二贤
半部论语治天下大事安澜
华夏文明的基因长流传
把复兴征程灯火点燃
环球天下事
世界地球村
同是命运共同体
同享阳光和雨露
同住河流和山川
相互交融经济全球化
文明互鉴人类共向前

宇宙苍穹中

地球以外的星星有多远

恒星流星多大多圆

外星人在哪里安泰

UFO时隐时现

墨子升空坐飞船

北斗组网把天河天山望得更远更远

经济发展史

走过农耕年华

迈步工业文明

科技革命尚未成功

信息传递数字时代降临

新产业新业态新模式与日俱增

翻天覆地竞赛不断较量纷纷

科技进步行

第一生产力在八十年代成为时代最强音

科学险阻战难关是最美身影

改革开放新征程

学习世界追标兵

两个一百年大计科技最压秤

科学技术为一切再赋新动能

社会奉献处

履职尽责是本分

贡献社会是美德

体现价值是根本

回望过去无悔怨

历史方位留下担当的身名

继往开来后浪更精彩更精神

文明互鉴路

世界文明大熔炉

文化荟萃亮点纷呈

四大文明古国历沧桑

华夏文明一脉相传承

文明互鉴互学取长补短

再为人类添魂铸精灵

真善美意临

天人合一是真

知行合一是善

情景合一是美

大美其美各美其美

天下大同

和谐无争

世事洞明学

天地生物气象新

古今经世文章纯

九州风雨寂无声

大地山河微有影

心中有光眼有景

一路欢颜安放灵魂

眼里的父亲

父亲,是一个年轮

岁月吹老了眼神

风雨镌刻下皱纹

辛劳染上了两鬓

像一棵老树流年盘老根

父亲,是一种责任

在家无怨尽孝心

在岗无悔担风险

社会履职尽责行

内外兼修长精神

父亲,是一个样板

模仿父亲的模样

学习父亲的身份

行住坐卧有模有样

一个巴掌拍下一代代重生

父亲,是一种精神

耕读方可传家久

勤劳本分续根深

善良谦逊养美德

邻里和顺赛万金

父亲,是一种能力

养家能糊张张口
技艺江湖大道行
尽心赡养老一辈
悉心教育下代人
父亲，是一种幸福
父慈子孝不操心
兄弟和睦互牵手
夫妻相随认眼神
家庭温馨万事顺
父亲，是一种担当
臂膀能挡风雨
双肩能挑千斤
脚踏大地能行稳
急难险重不慌神
父亲，是一种孝顺
对上以敬贤智慧
对下以慈新生命
对老和颜悦色彩
对幼宽厚仁慈淳

金山丽日

——仲夏时节登游西南坡感怀

浩荡金佛山	盛名传世间
孽龙锁巫峡	李冰铁索还
二郎学鸡鸣	巧妙定安澜
九递逐台上	百峰娄山关
万类栖息地	层林染山峦
九溪汇善水	十里不同天
别样杜鹃红	银杉挂悬崖
方竹涧边生	微风荡灿灿
银杏大叶茶	挺拔芳香传
北峰留古佛	燃灯续香缘
石上藤缠树	华夏一奇观
凤凰红日出	豪光遍大千
西岭金龟卧	绝壁连天边
烈马配壮士	驭风歌凯旋
恐龙壁上坐	回音赛山泉
南天门前过	金佛立云巅
童子拜观音	金钟倒立转
美女明月夜	婀娜身似仙
雄鹰雉伏立	母子手相牵
天鹅戏九龙	巨蛋偎裙边

高峡平湖起　三山添奇景
一幅曼妙画　天风云海鲜
春色一山绿　夏凉透山川
秋风红叶落　冬雪兆丰年
走笔大图画　难描众千颜
峰谷多俊秀　缥缈云霞间
云在青天上　水在瓶中间
龙隐大江里　凤归林中间
八方架金桥　共偈如来天
同心结善愿　端庄开九莲
高天皓月夜　品茗意阑珊
时光似流水　众愿滴石穿
高山难抵挡　百川大海边
一轮红日出　长存万万年

巴渝十二景

金碧流香耀七星
黄葛晚渡不了情
洪涯滴翠碧玉落
海棠烟雨历古今
字水宵灯两江水
龙门浩月照苍生
佛图夜雨寄北志
歌乐灵音云顶铃
缙岭云霞洒满天
云篆风清盘曲声
统景峡猿世事别
华蓥雪霁尔鉴明

喜盼蜜蜂把花采

一季种子发芽
孕育了一春的梦想
把大地装扮成七彩
让赤橙黄绿花开满枝脉
鸟语花香蜜蜂自来
一季菜花盛开
那是生命的力量
那是汗水的交代
那是阳光雨露的牵拽
那是大地母亲的挚爱
一季蜜蜂采蜜
那是勤劳的秉性
那是诗文的选材
那是丰收的等待
那是来年能把种选乖
一季庄稼收采
黎明即起看看菜
硕果累累乐开怀
清香宜人爽歪歪
夕阳西下赏云彩
一季耕耘开怀

勤能补拙是良训

一分辛劳一分才

耕读传家是根本

根深叶茂花常开

锦绣山川入梦来

铜矿山上
飞仙打扮石里红妆
鸾鸟带来吉祥
一树海棠映池塘
明春的樱花
把那一湾山坡装点到脊梁
外地归来的小伙
用乔木花卉经营着家乡
厢坝奇石公园山腰上
望七曜山东行下长江
游龙如河穿山岗
曾经的三抚林场
如今的南天风光
一双双普通的勤劳之手
垒石成园学愚公
绣奇锦色为山河巧梳妆
南天湖上
呈现出一个梦想
心中的湖在晚风中荡漾
二十的风和雨
把梦想成真植入湖中央

崛起的高山滑雪场
一曲曲高歌
把美好的音声画镌刻在水幕墙
九重天上
演绎着天上人家惊悚时光
三生三世十里桃花
盛开到玻璃揽月桥上
十里连天栈道
巧夺天工让游客好惊慌
一辈子的房屋建筑商
豁然开朗归家乡敢为山河绣奇装
层层叠叠龙河桥上
演绎着每个时代的模样
新时代寄予新希望
长江后浪推前浪
逢山开新路
遇水架桥梁
大交通成就了辉煌
母亲河身着绿衣裳
浪行荷包蛋游船上
看一江碧水浩浩汤汤
曾经的家园留在水中央
高峡平湖锁大江
那年那月众志成城抢时光

几多伤往事
随风入大江
不负岁月如歌欢声唱
去小官山民俗村的电瓶车上
听导游名山风景再传扬
一阴一阳演化人间万重像
三苏祠下白鹿声声佳话讲
延生堂正在重绘
棒棰戏已经开唱
王家复建大院
聚合时光荏苒宝典藏

瓦下阳光

瓦是乡村记忆

瓦是钟磬雨声

瓦是家庭幸福

瓦是燕窝呢喃

瓦是岁月静好

那一屋的小青瓦

　是我儿时家

清晨阳光东升

不情愿被叫醒的懒娃娃

赶着牛羊上山坡

吃饱青草快回家

一碗红薯吃下肚

才有菜香把米饭下

那一屋的小青瓦

懵懵少年常牵挂

背上书包上学堂

咿呀学语党是咱的妈

阳光雨露润禾苗

猪肥牛壮开满幸福花

人勤春早快下种

待到秋来收庄稼

那一屋的小青瓦

游学他乡盼回家

十乡八里一群群

周末放学徒步行

爬坡上坎采野花

荷锄挖地好帮手

挑水劈柴炊烟袅袅冒

半工半读父母盼望快长大

那一屋的小青瓦

年年不变的团圆饭

奔走他乡车马悠悠好牵挂

大包小包拖儿带女把家还

个个厨房秀厨艺

七手八脚一顿美味桌上夸

烛烟纸钱孝祖宗

连根养家人丁兴旺好发达

那一屋的小青瓦

美好岁月记心间

燕语呢喃筑巢屋檐下

晴风雨露心向往

雨落青瓦钟磬敲弹

声声慢慢如诉如泣

好似旋歌一曲

响彻云天曼妙图画

明月山下走来

我从明月山下走来
身染牡丹花盛开的风采
一袭的泥土芬芳
把故乡的炊烟香火怀揣
我从明月山下走来
看桂溪流水春柳芽开
草长莺飞秀自在
三月百花齐放天外
我从明月山下走来
儿时的梦妍在脑中萦迈
嬉戏玩耍田间山坡
锹一背篓折耳根
那是下饭的咸鲜好菜
我从明月山下走来
启蒙老师把儿歌滋拽
牙牙学语唱山歌
山那边是多么美好的世界
我从明月山下走来
看长江大船东行到海
千里乌江的群舵子
东西两岸眼开向未来

那些年

那些年
我们出生在穿斗木房间
饥饿是常态
挨饿靠边站
细粮实在少
红苕一大碗
月月盼肉香
冬十腊月盼过年
那些年
我们受父辈兄长耳濡目染
勤劳为本是家训
耕读传家出农田
孝敬父母大老爷
尊敬师长莫等闲
以大带小同成长
邻里相望共患难
那些年
我们成群结队
爬坡上坎过河边
集合在山村的文化殿堂
听启蒙老师开初颜

学习简简单单
语数绘歌劳
红歌入心田
幸福翻身由心欢
那些年
我们相约明月山
清早上山夕阳回
砍柴烧炭学费赚
牧童晚归把炊烟
四时农事不可误
人哄地皮过荒年
春早人勤公社好
社会主义是信念
那些年
祖先父辈心纯单
三十六行样样有
一勤养家根代传
工农商学兵
雷锋精神榜样先
务工务农一个样
同为社会做贡献
那些年
文化生活很单调
信息传递广播宣

听话只听党的话

戴花光荣挂胸前

一人光荣全家福

一人参军全村欢

同奔幸福好生活

那些年

我们嬉笑快乐无边

载歌载舞庆丰收

心纯行规合世范

五洲四海风雷激

小小寰球舵手转

相信革命相信党

幸福时光万万年

那些年

我们这一代人的苦乐甘甜

历史的风和雨

把那一茬禾苗浇灌

铸造他们的风骨

塑造他们的蓝天

让他们时常回望岁月如歌

不负时光

不负苍天

茶之味

茶香醉自然
名利淡泊间
沉浮烟云生
浓淡亦欢颜
催醒逐利客
廉美和敬轩
宾客嗅茶香
共叙情长绵
康乐与诚和
润德须勤俭
陶冶真性情
易俗正风传
武王伐纣盟
侯酋明志愿
陆羽茶经书
时珍佐药丸
一杯涤心魂
明月清风还

山河新秀

三河新秀镶山涧
垆里捞笋润心田
远山有窑童趣生
缙泉烧陶多奇幻
一幅漆画写山青
美术馆里边界远
萤火谷中新农活
石头公园姊妹篇
竹隐山明夜望月
探花到此洗墨欢
化成驻辇皆成昨
丰文山乡换新颜
古刹佛现听禅音
天地人和丽江天

民心佳园夜市

应时顺势夜市兴
民生为本吃住行
生活多彩尝百味
聚集周边饕餮盛
民主协商听民意
心顺气和利民情
顺风顺水往来客
民族兴旺和乐生
意外收获创业乐
合情合理营销经
民意高涨网红热
情义无价是乡邻

期待

期待你顺时应势
期待你落土成家
期待你伺机发芽
期待你不停长大
期待你向阳开花
期待你硕果盈枝
期待你成为佳肴
期待你秋收冬藏
期待你来春上架

人生向晚

由外向内自性安
由大向小忌贪婪
由高向低减负荷
由远向近只凭栏
由繁向简从易道
由多向少身似燕
由奢向俭清正和
由收向放随江天
由聚向散和实生
由攀向随瞰云卷

微笑面对世界

微笑面对生活　生活充满希望
微笑面对人生　人生闪耀阳光
微笑面对黑夜　黑夜点亮星光
微笑面对白昼　白昼万物生长
微笑面对风雨　风雨促进成长
微笑面对挫折　挫折磨砺坚强
微笑面对成功　成功追逐梦想
微笑面对负恩　负恩亦是智囊
微笑面对无情　无情锻炼能量
微笑面对尴尬　尴尬终止再伤
微笑面对无聊　无聊眼睛擦亮
微笑面对尘世　尘世变幻沧桑
微笑面对无常　无常本是平常
微笑面对过往　过往云烟消亡
微笑面对当下　当下把稳航向
微笑面对未来　未来可期踏浪

仰望

谁的头顶没有灰尘
谁的肩膀没有齿痕
谁的脚下没有泥泞
谁的腰背能顶千斤
　灰尘挡不住眼睛
　齿痕挡不住前行
　泥泞挡不住远方
　千斤挡不住精神
扫把尘埃风雨兼程
抹把汗珠踔厉奋进
把稳形势踏歌浪行
奋力拼搏凝心聚魂

总有一缕阳光

总有一缕阳光
驱散你的阴凉
从此不再悲伤
总有一缕阳光
照进你的心房
从此不再彷徨
总有一缕阳光
拨动你的情丝
从此不再平躺
总有一缕阳光
点燃你的梦想
从此不再颓丧
总有一缕阳光
成就你的梦想
从此不再退让

成长与丰收

肥沃的土壤
是你的温床
优良的种子
是你的希望
播种的季节
是你的良辰
雨露的滋润
是你的食粮
阳光的照拂
是你的贵人
充足的养分
是你的健康
辛勤的耕耘
是你的保姆
悉心的呵护
是你的力量

谒三苏

慕名向眉州　三苏仰高贤
千载诗书城　人文百代传
诗词文书画　大家堪比肩
九州留圣迹　黎元记心田
八风难憾志　旷达可称仙
邀月同酌酒　子由同衾眠
岷江东向海　淘尽风流瞰
智慧四海啸　文星踩云盘
佛印今犹在　一笑倾城岸
江河万古逝　徐行吟啸间
天府新圣地　相逢展欢颜

三苏祠赞

眉州纱縠行
三苏祠源长
千载文渊厚
智冠五洲扬
家风流百代
家教正胸腔
家训滋儿孙
家谱万世芳
家国本一体
格物致知常
游历三苏祠
涤魂润心肠
吴侪当努力
耕读恬大荒
峨眉山月歌
仰圣继庙堂

丽江古城记游

受邀夏日故地游　丽江天高云淡嗅
束河古镇多奇美　旅拍传扬靓颜稠
白沙细乐留圣迹　纳西王都壁画轴
大研木府大方正　多元和合历春秋
一部丽江千古情　歌舞声光涤魂畴
文旅融合新景致　民族风情数风流
三杰共绘新画卷　玉龙雪山织彩绸
蓝月谷丽多奇彩　山明水秀心中留
过桥米线润舌尖　励志耕读传九州
复兴征程路漫漫　踔厉奋进越台楼
一帆风顺向前方　风雨无阻有力量
风雨兼程显刚强　风雨同舟垦八荒

玉龙雪山五色愿

祈愿的人们
来自四面八方
朝向雪山的方向
双手掌心向上
闻听鼓声阵阵
用心接纳神山的力量
祈愿的人们
请下五色经幡
把幸福祝愿潜藏
蓝色的天空
播撒金刚和力量
白色的祥云
编织另样的纯洁与芬芳
红色的火焰
展现太阳慈悲和观音普照光芒
黄色的大地
种下高贵的品质祈愿安康
绿色的江河
流淌丛林智慧开启文殊行囊
祈愿的人们
闻听风起云涌颂扬
眼见雨落花开无伤

归去何方

流连明月故乡
稼禾田园拾荒
山水风光无限
诗书情长留舫
异域风情瞭瞰
饕餮饮食自酿
研习养生技艺
闻香品茗润肠
禅音绕梁静好
展读品鉴书坊
习字舞墨养精
健身怡体安康
学习时政不怠
啸瞰天下沧桑
棋牌娱乐怡智
友情顺心交往
奉献有效价值
秉烛待旦发光
老有所乐欢愉
岁月静好绵长

城市漫步之一

——追寻渝中母城往事

寻山如访友

远游如致身

渝中半岛游

打卡既往寻

斑驳风云在

洗心涤肠魂

百年楼阁间

抗战溯风云

红岩纪念馆

时年群英铮

轻轨穿楼过

九州网红铭

抗战记功碑

远东泛光明

能仁寺庙拜

保城将军刎

嘉西风景奇

啸瞰大河靖

周公今犹在

应慰江山宁

直辖开新局
山城啸浪行
漫游览圣迹
母城搜奇闻
复兴新时代
吟啸踏征程
品鉴新天地
康体怡精神
待到山花开
燃情留时新

城市漫步之二

——记忆重庆那些言子儿

雄起声一片
踏雪闹翻天
打望解放碑
扫皮丢大脸
落教讲交情
宝器眨白眼
千翻调皮娃
闷墩崽儿烦
稳起不说话
搭巴壁过年
正南其北讲
行式厉害炫
惊爪爪地叫
神戳戳地乱
打王逛瞎忙
假巴意思传
洗白那一个
莫棱个作贱
扯把子做假
摆龙门阵欢

板眼多得很

理麻好凶险

囫囵水不深

相因便宜捡

短到不准过

松活赛神仙

戳锅漏骂名

丁丁猫飞旋

城市漫步之三

南滨马鞍山
远见鼎力建
打造新地标
再现百年前
山城夜景秀
爱国染心间
立德乐洋行
迫开门朝天
开放促合作
发展品质添
还原旧时光
开物随世迁
礼敬四方客
阔步越雄关
智慧公园筑
珍珠串四岸
网红新时尚
盛名九州传

城市漫步之四

——旅游特种兵

穿行在乡村
收落乡间趣闻
打卡花茂林深
喜接山水乡亲
老少与泥土亲近
穿行在城镇
探寻老街巷
打卡唐宋城
讨价摊商贩
整地摊与苍蝇
穿行在文博苑
凭让历史鲜活
喜用新话提神
网红贴上地标
流量成就了生命
穿行在工矿区
看整齐的厂房
学产品的流程
体验劳动艰辛
感知社会的温存

穿行在校园里
听朗朗读书声
闻琴弦和奏鸣
看林荫树夹道
感动文明与传承

在夕阳的路上

作别春日的繁花
送过盛夏的喧哗
迎着秋凉的微风
冬来的瑞雪不远
漫步在夕阳路上
遗忘是一种常态
疏远无关此际涯
保持阳光和明媚
健康自由地规划
漫步在夕阳路上
善自珍摄着自身
让爱好修炼气质
向往那天南地北
乐山乐水吟啸行
漫步在夕阳路上
漫看那花开花谢
耳听那潮起潮落
云卷着四季轮回
风采飘过淡定闻
漫步在夕阳路上

宜宾地名趣说

长宁多美好

江安似故园

兴文耕读乐

翠屏列山涧

叙州永宜人

南溪祥瑞端

珙县层林起

筠连竹万竿

高县五尺道

屏山川渝滇

大竹海涌浪

大石海连绵

大酒海香飘

大茶海香鲜

大樟海留芳

大花海鲜艳

脊梁说

中国李庄　文化脊梁
书声犹在　威名远扬
渝蓉昆宜　留根四方
林梁成初　琴瑟鸣畅
志士仁人　同济道长
营造法式　中华流光
文博荟萃　九州流觞
三江东去　酒都精酿
钟灵毓秀　宜人宾漾
祥云隆兴　虹桥越江
巴蜀故地　双城涌浪
复兴大道　再造辉煌

行走宜宾

金秋时节戎州行
秋竹摇曳探海深
蜀南竹海碧波起
轻舟遥望万山青
兴文石海涌浪波
群羊向阳跪乳恩
天泉问道九州风
五粮醇香天下闻
李庄白肉慰脊梁
同济同仁留脉根
酒都沧桑东逝水
首城涌浪踏征程
燃情难道舌尖美
向南一片海里寻

秋行青甘环线（预习篇）

如意青甘环线游

黄河母亲驻桥头

青海二郎瞰明珠

茶卡盐湖计民筹

翡翠湖涌小红花

沙洲食驿夜景秀

敦煌沙漠广无边

骆驼峰上驼铃稠

鸣沙月牙泉共生

塞外风光跃层楼

千年莫高禅音绕

彩塑壁画耀九州

大地之子越雄关

万里长城自西守

张掖丹霞地貌美

三枪拍案惊奇授

七峡七塔彩练挥

门源祁连溯穹庐

兰州云美怡心神

翌日结伴再回首

晨飞

清晨西北望
腾云乘夏航
中川镇兰州
金城流大江
丝路明珠瞰
花雨缀走廊
大漠孤烟起
月圆思故乡

兰州牛肉面

兰州牛肉面
源于唐时天
嘉庆年间引
陈马技先传
面汤肉色味
五色醉舌尖
肉烂汤鲜美
品优赛百鲜
九州溢盛名
中华第一匾
拉面千丝香
金城常流连
丝路花雨落
大漠腾紫烟

大柴旦翡翠湖

金色草原大柴旦
翡翠坠落柴达山
盐湖矿坑荡彩波
雪雨风霜美景添
甘青环线景色秀
银河雪景彩霞漫
夕阳日出天眼开
宝盆湿地逐新颜

又见敦煌

历史与现实融合
台上与台下融合
演员与观众融合
娱乐与教化融合
台前与幕后融合
虚拟与现实融合
洞窟与华夏融合
中华与世界融合
演绎盛唐气象
再见宋时月光
述说大明辉煌
彰显中华文宗
描绘精神脊梁
印证文明渊远
活话丝路光芒
抒写边关沧浪

一瞬间

一天黑白之间

一月升落之间

一年四季之间

一生老少之间

一世忙闲之间

一人呼吸之间

一家兴衰之间

一族旺败之间

一地沉浮之间

一国成败之间

鸣沙山月牙泉

神奇旷奥古
山奇泉绝天
沙动响冠雄
沙抱月泉显
金沙卧佛睡
金塔沙丘链
春赏风沙卷
夏乘骆驼探
秋听胡杨诉
冬览雪景添
风景名胜区
地质筑公园

莫高窟

背靠鸣沙山　面对三危悬
宕泉河水流　建造历千年
祁连卧北国　世界名录选
博大精深志　举世瞩此间
佛国世界美　艺术铸奇苑
一部敦煌学　古今巧相连
沙都因窟兴　一花百业妍
又见敦煌美　乐动同乐欢
千载观音笑　盛典牵奇缘
沙州多隽秀　新景绘新篇
八方南来客　燃灯续航远

汉武雄风

汉武雄风塑大漠
万兴荒野沙岩作
怀抱世界万千事
汉唐气韵贯山河

无界

无界董书兵
一带一路境
榆林盛唐画
无量观寿辰
天堂楼阁起
海市蜃楼升
戈壁大漠遥
瓜州泛祥云

王进喜

甘肃玉门赤金堡
十斤娃娃石油找
大庆油田一声吼
为堵井喷以身搅
感动中国十人物
家乡人民念功高
立塑为记百代功
一穷二白把帽抛

张掖丹霞

女娲采石补苍天
朝霞晚霞巧打扮
七彩丹霞风光美
华夏大地铸奇苑
色若渥丹锦绣路
灿如明霞映苍天
叹为观止八方客
丹霞归去不看山

花甲平常心

争过虚名浮利
拼过智勇意气
得意忘形所有
失意失落孤寂
豪气干云宽容
棱角圆融镶取
一笑而过浮云
一笑了之虚颐
悠闲淡定从容
生死有命呼吸
健康快乐大道
平常穿戴整齐
与人方便为妙
报恩良心安逸
忘却尘世忧躁
知足常乐神怡
花甲平常喜乐
流年似水适宜

秋分宁夏游

秋分时节雨纷纷

塞上江南打卡行

体验大漠孤烟直

西夏王陵细找寻

波光粼粼沙湖美

水绕沙丘天下闻

水洞沟里有遗址

河沙山园沙坡铭

贺兰六盘高山起

岩画画廊游牧魂

青铜峡生大峡谷

须弥石窟精灵生

览山阅海望江南

怀远夜市烟火情

西部影城巧演绎

古朴荒凉历古今

神奇宁夏三日游

漫步集章镶无垠

沙坡头

沙坡头里沙漠深
黄河拐弯景色明
一桥飞渡黄河水
南来北往利万民
浩瀚沙丘水之阳
巍巍祁连水之阴
叹为观止太极图
河沙山园举世闻

红叶光雾来

恩义恩爱恩典呈
恩阳古镇逸事闻
小小上海多隽秀
川陕革命烛光明
南龛禅音绕山梁
同江河水滋乡亲
恩阳船说歌盛世
大宋风月弥时新
小小巫峡风光美
米仓山月邀酌茗
天然画廊夺天工
黑熊沟里吟啸行
大小拦沟鱼虾乐
香炉山梁响风铃
十八月潭神仙造
汪伦到此泛情深
金秋光雾红叶漫
壮丽巴中植新景

夜游恩阳

深秋月夜荡恩河
恩阳船说古今歌
千年米仓大道行
早晚恩阳逸事说
桨声灯影霓虹起
起凤桥起道情愫
知恩重义巴国风
忠勇和善逐浪波

巴中枣林鱼

李贤被贬望王山
城北枣林钓鱼闲
船家子鱼慰亲王
清汤绝味回味鲜
历经千载弥时新
巴州大地久流传
非遗佳肴奖杯掖
饕餮盛宴品质添

船说赞歌

天地着幕话恩阳
江岸做台述久长
月夜星光米仓道
桨声灯影歌四方
霓虹彩波山川秀
恩阳船说奇景创
智能助阵赛天工
戏述往来泛金光

南龛石窟

南龛石窟居南龛

始于隋朝盛唐天

依山开凿留圣迹

演化佛国润心田

严武一表敕光福

长悬日月拂山巅

千年古龛历风雨

摩崖造像开新颜

梦境光雾

夜游光雾山
回溯千百年
巴山背二哥
无畏历险艰
勤劳锄大地
米仓古道天
继往开新局
初心续久远
山川毓秀景
光影拨琴弦
十里寒溪河
沉浸入心田
文旅与时进
转化创新篇
青山不言画
绿水长歌还

人生六难自觉度

人生有限难长久
金钱如水滴漏斗
青春年少好时光
人心难测贪瞋忧
公门修行清正和
家似港湾避风头
善待他人能利众
珍爱生命恒顺筹

人生最难长久的是生命
人生最难赚到的是金钱
人生最难保持的是青春
人生最难看透的是人心
人生最难做好的是工作
人生最难维系的是家庭

眉宇间写满风调雨顺

放下欲望,你会更轻松

放下仇恨,你会更阳光

放下面具,你会更真实

放下眷恋,你会更无私

放下忧虑,你会更开朗

放下疑惑,你会更宽容

放下怨忿,你会更大气

放下纠结,你会更勇毅

放下心机,你会更无畏

放下功利,你会更从容